Blanche-Neige

ŒUVRES PRINCIPALES

Poésies des maîtres chanteurs
Contes d'enfants et du foyer
Légendes allemandes
Légende héroïque allemande

J. et W. Grimm

Blanche-Neige

et autres contes

Texte intégral

Tous droits réservés

BLANCHE-NEIGE

Il était une fois, en plein hiver, quand les flocons descendaient du ciel comme des plumes et du duvet, une reine qui était assise et cousait devant une fenêtre qui avait un encadrement de bois d'ébène, noir et profond. Et tandis qu'elle cousait négligemment tout en regardant la belle neige au-dehors, la reine se piqua le doigt avec son aiguille et trois petites gouttes de sang tombèrent sur la neige. C'était si beau, ce rouge sur la neige, qu'en le voyant la reine songea : « Oh ! si je pouvais avoir un enfant aussi blanc que la neige, aussi vermeil que le sang et aussi noir de cheveux que l'ébène de cette fenêtre ! » Bientôt après, elle eut une petite fille qui était blanche comme la neige, vermeille comme le sang et noire de cheveux comme le bois d'ébène, et Blanche-Neige fut son nom à cause de cela. Mais la reine mourut en la mettant au monde.

Au bout d'un an, le roi prit une autre femme qui était très belle, mais si fière et si orgueilleuse de sa beauté qu'elle ne pouvait supporter qu'une autre la surpassât. Elle possédait un miroir magique avec lequel elle parlait quand elle allait s'y contempler :

Miroir, gentil miroir, dis-moi, dans le royaume
Qui est la femme la plus belle ?

Et le miroir lui répondait :

Vous êtes la plus belle du pays, Madame.

Alors la reine était contente, car elle savait que le miroir disait la vérité.

Blanche-Neige cependant grandissait peu à peu et devenait toujours plus belle ; et quand elle eut sept ans, elle était belle comme le jour et bien plus belle que la reine elle-même. Et quand la reine, un jour, questionna son miroir :

Miroir, gentil miroir, dis-moi, dans le royaume
Quelle est de toutes la plus belle ?

Le miroir répondit :

Dame la reine, ici vous êtes la plus belle,
Mais Blanche-Neige l'est mille fois plus que vous.

La reine sursauta et devint jaune, puis verte de jalousie ; à partir de cette heure-là, elle ne pouvait plus voir Blanche-Neige sans que le cœur lui chavirât dans la poitrine tant elle la haïssait. L'orgueil poussa dans son cœur, avec la jalousie, comme pousse la mauvaise herbe, ne lui laissant aucun repos ni de jour, ni de nuit. Elle appela un chasseur et lui dit : « Tu vas prendre l'enfant et l'emmener au loin dans la forêt : je ne veux plus la voir devant mes yeux. Tu la tueras et tu me rapporteras son foie et ses poumons en témoignage. »

Le chasseur obéit et emmena l'enfant ; mais quand il tira son couteau de chasse pour le plonger dans le cœur innocent de Blanche-Neige, elle se prit à pleurer et lui dit :

— Oh ! laisse-moi la vie sauve, mon bon chasseur : je m'enfuirai à travers bois et ne reparaîtrai jamais !

Elle était si belle que le chasseur s'apitoya et lui dit : « Sauve-toi, ma pauvre petite ! » Il était certain, au-dedans de lui-même, que les bêtes sauvages auraient tôt fait de la dévorer ; mais il n'en avait pas moins le cœur soulagé d'un gros poids en évitant ainsi de la tuer de sa main ; et comme un marcassin passait par là, il l'abattit et le dépouilla, rapportant son foie et ses poumons à la reine, en guise de preuve. Il fallut que le cuisinier les mît au sel et les fît cuire, après quoi la mauvaise femme les mangea, croyant se repaître du foie et des poumons de Blanche-Neige.

Dans la vaste forêt, la malheureuse fillette était désespérément seule et tellement apeurée qu'elle regardait, pour ainsi dire, derrière chaque feuille sur les arbres, ne sachant que faire ni que devenir. Elle commença à courir, s'écorchant aux épines et sur les pierres pointues, voyant sauter devant elle les bêtes sauvages qui venaient la frôler, mais qui ne lui faisaient pas de mal. Tant que ses petits pieds voulurent bien la porter, elle courut ainsi droit devant elle, et quand tomba la nuit, n'en pouvant plus, elle eut la chance de voir une toute petite maison où elle entra pour se reposer. Tout était petit dans cette maison en miniature, mais si propre et si charmant que c'est impossible de le dire. Il y avait une petite table qui était déjà mise, avec sa nappe blanche et sept petites assiettes ayant chacune son couvert : le petit couteau, la petite cuillère, la petite fourchette et le petit gobelet. Sept petits lits s'alignaient côte à côte le long du mur, bien faits, et tous avec de beaux draps blancs et frais.

Blanche-Neige avait si grand-faim et si terriblement soif qu'elle prit et mangea un petit peu dans chaque petite assiette, puis but une gorgée de vin dans chaque petit gobelet ; à chaque place aussi, elle avait pris une bouchée de pain. Après, comme elle était si fatiguée, elle voulut se coucher, mais aucun des petits lits n'était à sa taille : celui-ci était trop long, celui-là trop court, un autre trop étroit ; bref, elle les essaya tous, et le septième enfin lui alla parfaitement. Elle y resta couchée, fit sa prière et s'endormit.

Les maîtres du petit logis ne rentrèrent chez eux que lorsqu'il faisait déjà nuit noire, et c'étaient les sept nains qui piochent et creusent les montagnes pour trouver les filons de minerai. Ils allumèrent leurs petites bougies et s'aperçurent, avec la lumière, que quelqu'un était entré chez eux, parce que tout n'était pas parfaitement en ordre ni exactement comme ils l'avaient laissé en partant.

— Qui s'est assis sur ma petite chaise ? demanda le premier.

— Qui a mangé dans ma petite assiette ? fit le second.

— Qui a pris un morceau de mon petit pain ? dit le troisième.

— Qui m'a pris un peu de ma petite potée ? s'étonna le quatrième.

— Qui a sali ma petite fourchette ? questionna le cinquième.

— Qui s'est servi de mon petit couteau ? interrogea le sixième.

— Qui a bu dans mon petit gobelet ? s'inquiéta le septième enfin.

Le premier, en regardant un peu partout autour de lui, vit alors qu'il y avait un creux dans son lit et il s'exclama : « Qui s'est allongé sur mon petit lit ? » Les six autres accoururent et s'écrièrent tous, les uns après les autres : « Dans mon lit aussi quelqu'un s'est couché ! » Tous, sauf le septième, toutefois, qui arriva devant son lit et vit Blanche-Neige qui y était couchée et qui dormait. Il appela les autres qui galopèrent jusque-là et poussèrent des cris de surprise et d'admiration en levant haut leurs petits bougeoirs pour éclairer Blanche-Neige.

— Ô mon Dieu ! Ô mon Dieu ! s'exclamaient-ils tous, la belle enfant ! Comme elle est mignonne ! Comme elle est jolie !

Leur joie était si grande qu'ils ne voulurent pas la réveiller et la laissèrent dormir dans le lit où elle était. Le septième nain s'en alla dormir avec ses compagnons, une heure avec chacun et la nuit fut passée.

Au jour, quand Blanche-Neige se réveilla, elle eut grand-peur en voyant les sept nains ; mais ils se montrèrent très amicaux avec elle et lui demandèrent :

— Comment t'appelles-tu ?

— Je m'appelle Blanche-Neige, leur répondit-elle.

— Comment es-tu venue dans notre maison ?

Elle leur raconta que sa marâtre avait voulu la faire mourir, mais que le chasseur lui avait laissé la vie sauve et qu'elle avait couru toute la journée sans s'arrêter, jusqu'au moment qu'elle avait trouvé leur maisonnette.

— Veux-tu prendre soin de notre ménage ? lui demandèrent les nains. Tu ferais la cuisine, les lits, la lessive, la couture, le tricot, et si tu tiens tout bien propre et bien en ordre, nous pourrions te garder avec nous et tu ne manquerais de rien.

— Oh ! oui, de tout mon cœur ! dit Blanche-Neige. (Et elle resta avec eux).

Elle leur faisait le ménage et leur tenait la petite maison bien propre et bien en ordre, et les nains s'en allaient le matin chercher dans la montagne les minéraux et l'or ; ils ne revenaient qu'à la nuit, et il fallait alors que leur repas fût prêt. Toute la longue journée Blanche-Neige restait seule, et les gentils petits nains l'avertirent prudemment et lui dirent : « Tiens-toi bien sur tes gardes à cause de ta belle-mère : elle ne tardera pas à savoir que tu es ici. Ne laisse donc entrer personne ! »

La reine, en effet, quand elle crut avoir mangé le foie et les poumons de Blanche-Neige, ne douta plus dans sa pensée d'être de nouveau la première et la plus belle du royaume. Elle s'en alla devant son miroir et lui parla :

Miroir, gentil miroir, dis-moi, dans le royaume
Quelle est de toutes la plus belle ?

Alors le miroir répondit :

Dame la reine, ici vous êtes la plus belle,
Mais Blanche-Neige sur les monts
Là-bas, chez les sept nains,
Est belle plus que vous, et mille fois au moins !

Elle frémit, car elle savait que le miroir ne pouvait pas dire un mensonge, et elle sut ainsi que le chasseur l'avait trompée et que Blanche-Neige vivait toujours. Alors elle se mit à réfléchir et à réfléchir encore au moyen de la supprimer, car si la reine n'était pas la plus belle de tout le pays, la jalousie la dévorait et ne la laissait pas en repos. Et pour finir, quand elle eut forgé quelque chose, elle se barbouilla le visage et se rendit méconnaissable en s'habillant comme une vieille colporteuse. Accoutrée et grimée de la sorte, elle passa les sept montagnes jusque chez les sept nains et frappa à la porte en lançant le cri de la colporteuse : « De beaux articles à vendre ! Rien que du beau, je vends ! »

Blanche-Neige vint regarder à la fenêtre et cria :

— Bonjour, ma bonne dame, qu'est-ce que vous vendez ?

— Du bel article, du bon article, répondit-elle, du lacet de toutes les couleurs !

En même temps elle en tirait un pour le montrer : un beau lacet tressé de soies multicolores.

« Cette brave femme, pensa Blanche-Neige, je peux la laisser entrer ! » Elle déverrouilla et la fit entrer pour lui acheter le beau lacet multicolore qu'elle voulait mettre à son corset.

— Mais mon enfant, de quoi as-tu l'air ? s'exclama la vieille. Viens ici, que je lace un peu proprement !

Blanche-Neige, sans méfiance, vint se planter devant la vieille et la laissa lui mettre le nouveau lacet ; mais la vieille passa si vite le lacet et le serra si fort que Blanche-Neige ne put plus respirer, suffoqua et tomba comme morte.

— Et voilà pour la plus belle ! ricana la vieille qui sortit précipitamment.

Le soir venu (mais ce n'était pas bien longtemps après) les sept nains rentrèrent à la maison : quel ne fut pas leur effroi en voyant leur chère Blanche-Neige qui gisait sur le sol, inerte et immobile comme si elle était morte ! Ils la redressèrent tout d'abord, et voyant comme elle était sanglée dans son corset, ils se hâtèrent d'en couper le lacet ; le souffle lui revint petit à petit et elle se ranima peu à peu. Lorsque les nains apprirent ce qu'il lui était arrivé, ils lui dirent : « Cette vieille colporteuse n'était nulle autre que la maudite reine. A l'avenir, garde-toi bien et ne laisse entrer nul être vivant quand nous n'y sommes pas ! »

La méchante femme, de son côté, aussitôt rentrée chez elle s'en alla devant son miroir et le questionna :

Miroir, gentil miroir, dis-moi, dans le royaume
Quelle est de toutes la plus belle ?

Et le miroir répondit comme devant :

Dame la reine, ici vous êtes la plus belle,
Mais Blanche-Neige sur les monts
Là-bas, chez les sept nains,
Est plus belle que vous, et mille fois au moins !

Son sang s'arrêta quand elle entendit ces paroles qui lui révélaient que Blanche-Neige, une fois encore, avait pu échapper à la mort. « A présent, pensa-t-elle, je vais composer quelque chose à quoi tu n'échapperas pas ! » Recourant alors aux artifices des sorcières qu'elle connaissait bien, elle fabriqua un peigne empoisonné. Ensuite elle se grima et s'habilla en vieille femme, mais avec un autre air que la fois précédente. Ainsi travestie, elle passa les sept montagnes pour aller jusque chez les sept nains, frappa à la porte et cria :

— Beaux articles à vendre ! Beaux articles !

Blanche-Neige regarda dehors et cria :

— Allez-vous-en plus loin ! Je ne dois laisser entrer personne dans la maison !

— Il n'est pas défendu de regarder ! répondit la fausse vieille en tirant le peigne empoisonné pour le lui faire voir à travers la fenêtre.

La petite le trouva si beau qu'elle ne put pas résister et qu'elle ouvrit la porte pour acheter le peigne à cette vieille femme.

— Et à présent laisse-moi faire, lui dit la vieille, je vais te peigner un peu comme il faut !

La pauvre Blanche-Neige, sans réfléchir, laissa faire la vieille, qui lui passa le peigne dans les cheveux ; mais à peine avait-elle commencé que le poison foudroya Blanche-Neige, qui tomba de tout son long et resta là, sans connaissance.

— Et voilà pour toi, merveille de beauté ! ricana la vieille qui s'éloigna bien vite.

Par bonheur, la nuit ne tarda pas à venir et les sept nains à rentrer. En voyant Blanche-Neige étendue sur le sol, ils pensèrent tout de suite à l'affreuse marâtre, cherchèrent ce qu'elle avait bien pu faire et trouvèrent le peigne empoisonné ; dès qu'ils l'eurent ôté de ses cheveux, Blanche-Neige revint à elle et leur raconta ce qu'il lui était arrivé. De nouveau, ils la mirent en garde et lui recommandèrent de ne jamais plus ouvrir la porte à qui que ce soit.

Quant à la reine, aussitôt son retour, elle alla s'asseoir devant son miroir et demanda :

Miroir, gentil miroir, dis-moi, dans le royaume
Quelle est de toutes la plus belle ?

Et le miroir répondit encore comme devant :

Dame la reine, ici vous êtes la plus belle,
Mais Blanche-Neige sur les monts
Là-bas, chez les sept nains,
Est plus belle que vous, et mille fois au moins !

Quand le miroir eut ainsi parlé, la reine trembla de rage et de fureur et s'écria :

— Il faut que Blanche-Neige meure, même si je dois y laisser ma vie !

Alors elle alla s'enfermer dans une chambre secrète où personne n'entrait jamais, et là, elle confectionna un terrible poison avec lequel elle fit une pomme empoisonnée, mais alors empoisonnée ! Extérieurement, elle était très belle, bien blanche avec des joues rouges, et si appétissante que nul ne pouvait la voir sans en avoir envie ; mais une seule bouchée, et c'était la mort.

Lorsque ses préparatifs furent achevés avec la pomme, la reine se brunit la figure et se costuma en paysanne, puis se rendit chez les sept nains en passant les sept montagnes. Quand elle eut frappé à la porte, Blanche-Neige passa la tête par la fenêtre et lui dit :

— Je ne peux laisser entrer personne au monde : les sept nains me l'ont défendu.

— Cela m'est égal, dit la paysanne, je saurai bien me débarrasser quand même de mes pommes. Tiens, je vais t'en donner une !

— Non, merci, dit Blanche-Neige. Je ne dois rien accepter non plus.

— Aurais-tu peur du poison ? dit la paysanne. Regarde : je coupe la pomme en deux ; la moitié rouge, c'est pour toi, et la blanche, je la mange, moi.

Parce que la pomme avait été faite si astucieusement que la moitié rouge était seule empoisonnée. Blanche-Neige avait grande envie de cette belle pomme, et quand elle vit la paysanne croquer à belles dents dans sa moitié de pomme, elle ne put pas résister et tendit le bras pour prendre l'autre moitié. Mais à peine la première bouchée fut-elle dans sa bouche qu'elle tomba morte sur le plancher. La reine l'examina avec des regards cruels et partit d'un grand éclat de rire, en s'écriant cette fois avec satisfaction :

— Blanche comme neige, rouge comme sang, noire comme le bois d'ébène, ce coup-ci les nains ne pourront plus te ranimer !

Et dès qu'elle fut devant son miroir, elle le questionna :

Miroir, gentil miroir, dis-moi, dans le royaume
Quelle est de toutes la plus belle ?

Alors et enfin, le miroir répondit :

Vous êtes la plus belle du pays, Madame !

Et là, son cœur envieux fut apaisé, autant que peut être apaisé un cœur envieux.

Les nains, quand ils revinrent le soir à la maison, trouvèrent Blanche-Neige étendue sur le plancher ; mais cette fois elle n'avait plus de souffle et elle était vraiment morte. Ils la relevèrent ; ils cherchèrent bien partout s'ils ne trouvaient pas quelque chose d'empoisonné ; ils lui défirent son corset ; ils peignèrent ses cheveux ; ils la lavèrent avec de l'eau, puis avec du vin : mais rien de tout cela n'y fit ; morte elle était, la chère petite, et morte elle resta.

Ils la couchèrent sur une civière, et tous les sept, ils restèrent à côté et la pleurèrent pendant trois jours. Puis ils pensèrent à l'enterrer ; mais elle était encore aussi fraîche que si elle eût été vivante et elle avait encore toutes ses couleurs et ses belles joues rouges.

— Nous ne pouvons pas l'enfouir comme cela dans la terre noire ! dirent-ils.

Alors ils lui firent faire un cercueil de verre afin qu'on pût la voir de tous les côtés, puis ils l'y couchèrent et écrivirent dessus son nom en lettres d'or, en grandes, belles lettres capitales, sous lesquelles ils écrivirent encore qu'elle était une princesse, fille de roi. Ensuite ils portèrent le cercueil au haut de la montagne ; et depuis ce moment-là il y eut toujours l'un des sept qui y resta pour la garder. Et les bêtes y venaient aussi et pleuraient Blanche-Neige : d'abord ce fut une chouette, puis un corbeau, et une colombe en dernier.

Longtemps, longtemps Blanche-Neige resta là, dans son cercueil de verre, sans changer du tout ; le temps passa et passa, mais elle était toujours aussi fraîche, aussi blanche que neige, aussi vermeille que le sang, aussi noire de cheveux que l'ébène poli, et elle avait l'air de dormir.

Et puis un jour, il arriva qu'un prince, qui s'était égaré dans la forêt, passa la nuit dans la maison des nains. Il vit sur la montagne le cercueil dans lequel était exposée Blanche-Neige, qu'il admira beaucoup, et il lut aussi ce qui était écrit dessus en grandes lettres d'or. Alors il dit aux nains :

— Laissez-moi emporter le cercueil : je vous donnerai en échange ce que vous voudrez.

— Pour tout l'or du monde, tu ne pourras nous l'acheter ! répondirent-ils.

— Alors donnez-le-moi, reprit le prince, parce que je ne puis pas vivre sans admirer Blanche-Neige, et je la traiterai et la vénérerai comme ma bien-aimée, comme ce que j'ai de plus cher au monde !

Les bons nains, en entendant ses paroles, s'émurent de compassion pour lui et lui donnèrent le cercueil. Le prince le fit prendre par ses serviteurs, qui le chargèrent sur leurs épaules et l'emportèrent. Mais voilà qu'ils trébuchèrent contre une racine en le portant, et la secousse fit rendre à Blanche-Neige le morceau de pomme qui lui était resté dans le gosier. Ainsi libérée, elle ouvrit les yeux, souleva le couvercle de verre et se redressa, ayant retrouvé la vie.

— Ô mon Dieu, mais où suis-je ? s'exclama-t-elle.

— Tu es près de moi ! lui répondit le prince tout heureux, avant de lui raconter ce qui s'était passé.

Puis il dit :

— Je t'aime et tu m'es plus chère que tout au monde. Viens, accompagne-moi au château de mon père : tu seras mon épouse.

Alors Blanche-Neige s'éprit de lui et elle l'accompagna, et leurs noces furent célébrées dans la magnificence et la somptuosité.

Mais à ce grand mariage princier, la reine terrible et maudite marâtre de Blanche-Neige fut invitée aussi ; et quand elle se fut richement habillée et parée, elle alla devant son miroir pour lui poser sa question :

Miroir, gentil miroir, dis-moi, dans le royaume
Qui est la femme la plus belle ?

Et le miroir lui répondit :

Dame la reine, ici vous êtes la plus belle,
Mais la nouvelle reine est mille fois plus belle.

Un juron échappa à l'horrible femme qui fut prise d'effroi, d'un tel effroi qu'elle ne savait plus que devenir. Pour commencer, son idée fut de ne pas aller du tout aux fêtes du mariage ; mais elle ne put y tenir et il fallut qu'elle y allât, dévorée par la jalousie, pour voir cette jeune reine.

Lorsqu'elle fit son entrée, elle reconnut immédiatement Blanche-Neige, et la peur qu'elle en eut la cloua sur place, sa terreur l'empêcha de bouger. Mais on lui avait déjà préparé des souliers de fer qui étaient sur le feu, à rougir : on les lui apporta avec des tenailles et on les mit devant elle, l'obligeant à s'en chausser et à danser, à danser dans ces escarpins de fer rouge jusqu'à sa mort, qui suivit bientôt.

LES TROIS FILEUSES

Il était une fois une fille paresseuse et qui ne voulait pas filer ; sa mère avait beau dire et faire ce qu'elle voulait, elle ne parvenait à rien avec elle. A la fin, la mère perdit patience et s'emporta d'une si grande colère qu'elle battit sa fille ; et la fille poussa des cris et pleura sans retenue. La reine, qui passait justement par là, entendit ces pleurs et ces gémissements ; elle fit arrêter son carrosse, entra dans la maison et demanda à la mère pourquoi sa fille pleurait à en ameuter tout le voisinage. Honteuse d'avoir à révéler la paresse de sa fille, la femme déclara : « C'est que je n'arrive pas à lui faire lâcher son fuseau ! Elle est là qui file et qui file sans arrêt, et moi je suis pauvre et je ne puis pas lui fournir le lin.

— Je n'aime rien tant que le bruit de rouet qui tourne, dit la reine, et je me plais à entendre filer. Laissez votre fille venir avec moi au château : j'ai du lin en quantité et elle pourra filer autant qu'il lui plaira. »

La mère en fut bien aise dans son cœur, et la reine emmena la jeune fille. Quand elles furent au château, la reine conduisit la jeune fille à trois chambres qui, du plancher au plafond, étaient pleines du plus beau lin. « Tout le lin que tu vois là, dit la reine, tu vas me le filer à présent ; et quand tu auras fini, tu auras mon fils aîné comme mari ; si pauvre que tu sois, je n'y prendrai pas garde : ton zèle persévérant te suffira comme dot. »

La jeune fille en eut froid dans le dos, car tout le lin qu'il y avait là, jamais elle ne pourrait arriver à le filer, même si elle vivait pendant trois cents ans et travaillait sans s'arrêter du matin au soir sans sauter un seul jour !

Elle n'en laissa rien voir ; mais dès qu'elle fut seule, elle se mit à pleurer et resta trois longs jours dans ses larmes, sans seulement bouger le petit doigt. Le troisième jour, la reine reparut et fut très étonnée en voyant que la jeune fille n'avait rien fait du tout ; mais la jeune fille s'excusa en prétendant que son chagrin d'être loin de chez elle et de sa mère l'avait troublée et empêchée de s'y mettre. La reine s'en contenta, mais au moment de s'en aller lui dit : « Demain, il faut que tu commences à travailler. »

Dès qu'elle fut seule à nouveau, la jeune fille se demanda désespérément comment elle allait se tirer d'affaire et quel moyen elle pourrait utiliser, mais elle ne trouvait rien et, dans son angoisse, elle alla se planter à la fenêtre. Elle vit alors trois vieilles femmes qui approchaient : la première avec un pied plat, la seconde avec une lèvre qui lui tombait sur le menton, et la troisième avec un pouce comme une palette. Elles s'arrêtèrent sous la fenêtre, regardèrent vers la jeune fille et lui demandèrent ce qu'il lui manquait. Elle se plaignit de son affaire, et les femmes lui proposèrent de venir à son aide en lui disant : « Pourvu que tu nous invites à ton mariage, que tu n'aies pas honte de nous et que tu nous appelles tes cousines, et aussi que tu nous fasses asseoir à ta table, nous allons te filer ton lin et ce sera vite fait.

— Volontiers et de tout cœur, répondit-elle. Venez et commencez le travail tout de suite. »

Elle fit donc entrer les trois étranges femmes et leur aménagea une place libre dans la première pièce, où elles s'installèrent et se mirent aussitôt à filer. La première tirait l'étoupe et faisait tourner le rouet, la seconde mouillait le fil, et la troisième le retordait et l'égalisait avec le pouce sur la table : à chaque coup, c'était un écheveau entier qui tombait sur le sol, et du lin le plus fin filé ! Elle veilla à cacher les trois fileuses à la reine, tout en lui montrant, chaque fois qu'elle venait, la quantité de lin filé ; et la reine ne pouvait pas mettre fin à ses louanges.

La première chambre vidée, ce fut le tour de la

seconde, puis de la troisième, qui fut terminée en un rien de temps ; après quoi les trois femmes prirent congé de la jeune fille et lui rappelèrent en s'en allant : « N'oublie pas ce que tu nous as promis : ce sera ton bonheur. »

Quand la jeune fille eut fait voir à la reine les chambres vides et les tas de lin filé, le jour des noces fut arrêté et le fiancé fut enchanté d'avoir une femme aussi active et d'une telle habileté, et il l'en félicita grandement.

— J'ai trois cousines, lui dit la jeune fiancée, et comme je leur dois beaucoup, je ne voudrais pas les oublier dans mon bonheur : puis-je les inviter au mariage, et aurai-je la permission de les faire asseoir à ma table ?

— Pourquoi ne le permettrions-nous pas ? répondirent la reine et son fils aîné.

Lors donc que commença la fête nuptiale, les trois vieilles filles arrivèrent dans le plus bizarre accoutrement et l'épousée les accueillit en disant : « Soyez les bienvenues, mes chères cousines !

— Oh ! dit le prince à sa jeune femme, comment peux-tu avoir une aussi laide parenté ? »

Puis, se tournant vers celle qui avait le pied plat, il lui demanda :

— D'où vous vient un pied aussi large ?

— Le rouet, lui répondit-elle, c'est le rouet.

Il se tourna vers la seconde et demanda :

— D'où vous vient cette lèvre qui pend ?

— Le fil, répondit-elle, c'est de mouiller le fil.

Il demanda à la troisième :

— D'où vous vient ce pouce énorme ?

— De retordre, répondit-elle, c'est de retordre le fil en l'étirant.

Alors le fils aîné du roi en fut tout effrayé et déclara :

— Jamais, au grand jamais, à partir d'aujourd'hui, ma belle épouse ne touchera à un rouet !

Grâce à quoi elle en fut quitte avec l'odieux filage du lin.

CHAT ET SOURIS ASSOCIÉS

Un chat avait lié connaissance avec une souris et lui en avait tant dit et raconté sur l'amour immense et la grande amitié qu'il lui portait, que pour finir elle avait consenti à ce qu'ils vivent ensemble dans la même maison, où ils partageraient tous les soins et soucis du ménage. « Mais pour l'hiver, il nous faut faire provision, sinon on va souffrir la faim, affirma le chat ; toi, petite souris, tu ne peux pas te risquer à courir sans cesse de tous côtés, ou tu vas finir par tomber dans un piège ! » Le conseil étant sage, on le suivit sur l'heure en achetant, pour provision, un petit pot empli de graisse. Mais ils ne savaient pas où le ranger. Enfin, et après mûre réflexion, le chat parla : « Je ne vois pas de meilleur endroit que l'église pour le bien garder : personne n'aurait l'audace d'en enlever quelque chose ; nous irons donc le cacher là-bas, sous l'autel, et nous n'y toucherons plus tant qu'il ne nous sera pas devenu nécessaire. » Et ainsi le petit pot de graisse fut mis en sécurité. Il ne devait pourtant pas se passer beaucoup de jours avant que le chat s'y sentît poussé par l'envie, et il parla ainsi à la souris : « A propos, je voulais te dire, petite souris, ma cousine me demande comme parrain : elle a mis au monde un fiston tout blanc avec des taches rousses, et c'est moi qui dois le tenir sur les fonts baptismaux. Tu veux bien, n'est-ce pas, t'occuper seule de la maison et me laisser sortir aujourd'hui ? — Mais bien sûr, répondit la souris, vas-y, et si tu manges quelque chose de bon, pense à moi, et n'oublie pas non plus que quelques gouttes du bon vin doux des relevailles ne seraient pas pour me déplaire ! »

Mais il n'y avait rien de vrai dans tout cela : le chat n'avait pas plus de cousine qu'il n'était invité comme parrain. Il s'en alla tout droit à l'église, se glissa jusqu'au pot de graisse qu'il commença à lécher, et lécha tant et si bien qu'il en ôta toute la fine graisse du dessus. Cela fait, il s'en alla se promener sur les toits de la ville, inspectant tout, puis se coucha et paressa au soleil en se pourléchant chaque fois qu'il songeait au petit pot de graisse. Ce ne fut pas avant le soir qu'il s'en revint à la maison. « Ah, te voilà ! dit la souris, tu as sûrement passé une bonne journée... » Et le chat répondit que tout avait été pour le mieux. « Et quel nom a-t-on donné à l'enfant ? demanda la souris. — "Dessus-Parti", laissa tomber le chat d'un ton sec. — "Dessus-Parti !" s'écria la souris, quel drôle de nom c'est là, vraiment étrange ! Est-ce qu'il est usuel dans votre famille ? — Et alors ? répondit le chat, il n'est pas plus mal que Chipe-miettes, comme s'appellent ceux qui t'ont baptisée. »

Peu de temps après, le chat fut repris par son envie. « Il faut que tu me rendes service et que tu t'occupes seule encore de la maison, dit-il à la souris ; je suis une deuxième fois invité à être parrain, et comme l'enfant est né avec un collier blanc, je ne peux pas refuser. » La brave petite souris consentit de bonne grâce, mais le chat rampa derrière le mur d'enceinte jusqu'à l'église, et engloutit la moitié du pot. « Rien n'a plus de saveur que ce qu'on mange seul », se dit-il ; et il était bien content et satisfait de son ouvrage. Quand il rentra, la souris questionna : « Et de quel nom a-t-on baptisé cet enfant-là ? — Mivide, répondit le chat. — Mivide ! reprit la souris, mais que me dis-tu là ? De ma vie, je n'ai entendu ce nom et je parierais qu'il ne se trouve pas dans le calendrier. »

Le chat ne tarda pas à se sentir de nouveau l'eau à la bouche en rêvant de la gourmandise. « Les bonnes choses vont par trois, dit-il à la souris, je dois encore être parrain ; l'enfant est complètement noir, avec seulement le bout des pattes blanches et pas un seul poil blanc sur tout le corps, ce qui n'arrive guère qu'une fois tous les deux ans. Tu me laisses sortir, n'est-ce pas ?

— Dessus-Parti, Mivide, répondit la souris, quels curieux noms, en vérité, et qui me laissent toute pensive...

— A toujours rester à la maison dans ta robe gris foncé à longue queue, tu te fais des idées, déclara le chat ; voilà ce qui arrive quand on reste des jours et des jours sans sortir. »

La souris s'activa pendant que le chat n'était pas là, fit le ménage et mit tout en ordre dans la maison ; et le gros chat gourmand nettoya tout le pot de graisse et le laissa bien net. « Quand il ne reste rien, alors on est tranquille ! » se dit-il à lui-même, et gros et gras, et satisfait, il ne rentra à la maison qu'avec la nuit. La première question de la souris fut pour lui demander quel nom on avait donné à l'enfant. « C'est un nom qui ne te plaira guère, dit le chat : on l'a appelé Toutnet.

— Toutnet ! s'écria la souris. Celui-là, c'est bien le plus problématique de tous les noms et je ne l'ai jamais vu imprimé nulle part. Toutnet, qu'est-ce que cela peut bien vouloir dire ? » Et elle hocha gravement la tête avant de se mettre en rond pour dormir.

A partir de ce moment-là plus personne ne demanda au chat d'être parrain ; mais quand l'hiver fut venu et qu'on ne trouva plus rien dehors, la souris pensa à leurs provisions et dit : « Tu viens, chat ? Nous allons chercher le pot de graisse que nous avons mis en réserve et on va bien se régaler.

— Oh, pour ça oui ! dit le chat, tu vas t'en régaler, et ce sera pour ta fine langue comme si tu la mettais à la fenêtre. »

Ils se mirent donc en route et quand ils arrivèrent, le pot de graisse se trouvait bien à sa place, mais il était vide. « Ah ! s'exclama la souris, maintenant je comprends ce qui s'est passé et tout est clair à présent : toi, au moins, tu es un véritable ami ! Tu as tout dévoré quand tu étais le soi-disant parrain : d'abord Dessus-Parti, et ensuite Mivide, et ensuite...

— Veux-tu te taire ! coupa le chat. Encore un mot et c'est toi que je croque ! »

Mais la malheureuse souris avait déjà lâché le « Toutnet » qu'elle avait sur la langue et le chat, aussitôt, avait bondi sur elle, l'avait prise et avalée d'un coup.

Ainsi va le monde, vois-tu.

LA BELLE AU BOIS DORMANT

(ou la Princesse Fleur-d'Épine)

Il y avait dans le temps un roi et une reine qui se répétaient chaque jour : « Ah ! si seulement nous avions un enfant ! » Mais ils n'en avaient toujours pas. Un jour que la reine était au bain, il advint qu'une grenouille sauta de l'eau pour s'avancer vers elle et lui parler :

— Ton vœu sera exaucé, lui annonça-t-elle ; avant un an, tu mettras une fille au monde.

Ce que la grenouille avait dit se produisit, et la reine donna naissance à une fille ; et l'enfant était tellement jolie que le roi ne se tenait plus de joie et fit donner une grande fête. Il ne se contenta pas d'y inviter ses parents, amis et connaissances, mais il voulut aussi que les fées y eussent part afin qu'elles fussent favorables et bienveillantes à l'enfant. On en comptait treize dans le royaume, mais comme il n'y avait que douze assiettes d'or au palais, pour leur servir le festin, il fallut en laisser une chez elle.

La fête eut lieu et le festin se déroula au milieu des splendeurs, puis, quand tout finissait, les fées revêtirent l'enfant de leurs dons merveilleux : de l'une, la vertu ; de l'autre, la beauté ; de la troisième, la richesse ; et ainsi de suite pour tout ce qu'on peut souhaiter et avoir au monde. La onzième venait juste de prononcer son incantation, quand brusquement entra la treizième : celle qui n'avait pas été invitée et qui voulait se venger. Sans un salut ni seulement un regard pour personne, elle lança à voix haute sur le berceau cette parole : « La princesse, quand elle aura quinze ans, se piquera avec un fuseau et tombera morte. » Sans un mot de plus, elle fit demi-tour et quitta la chambre. Dans l'effroi général, la douzième fée, qui avait encore à prononcer son vœu, s'avança vers le berceau ; elle ne pouvait pas annuler la malédiction, mais elle pouvait en atténuer les effets, aussi prononça-t-elle :

— Ce n'est pas dans la mort que sera plongée la princesse, mais dans un sommeil profond de cent années.

Le roi, qui eût bien voulu préserver son enfant chérie du mauvais sort, fit ordonner que tous les fuseaux soient brûlés dans le royaume tout entier. Les dons des fées se réalisèrent pleinement chez l'enfant qui devint si belle, si vertueuse, si gracieuse et si intelligente que tous ceux qui seulement la voyaient se sentaient obligés de l'aimer.

Le jour de ses quinze ans, il se trouva que le roi et la reine furent absents et que la jeune princesse resta toute seule au château, où elle se mit à errer çà et là, visitant les chambres et les galeries, les salons et les resserres selon sa fantaisie et son humeur. Sa promenade la conduisit finalement dans un très vieux donjon, dont elle gravit marche à marche l'étroit escalier tournant pour arriver devant une petite porte, tout en haut. Il y avait une vieille clé rouillée dans la serrure, et quand elle la fit tourner, la porte s'ouvrit d'un coup, lui découvrant une chambrette où se tenait une vieille femme assise, le fuseau à la main, occupée à filer son lin avec beaucoup d'ardeur.

— Bonjour, petite grand-mère, lui dit la princesse, que fais-tu là ?

— Je file, dit la vieille avec un bref mouvement de tête.

— Et cette chose-là, qui danse si joyeusement, qu'est-ce que c'est ? fit la demoiselle en s'emparant du fuseau pour essayer de filer elle aussi.

Mais elle l'avait à peine touché que l'incantation prenait son plein effet et qu'elle se piquait le doigt. Ce fut à peine si elle sentit la piqûre, car déjà elle tombait sur le lit, derrière elle, et s'y trouvait plongée dans le plus profond sommeil.

Ce sommeil profond se répandit sur le château entier, à commencer par le roi et la reine qui venaient de rentrer et se trouvaient encore dans la grand-salle, où ils se mirent à dormir, et avec eux toute la cour. Alors les chevaux s'endormirent dans les écuries, et les chiens dans la cour d'entrée, et les pigeons sur le toit, et les mouches même sur le mur, et le feu lui aussi, qui cessa de flamber dans la cheminée, et qui se fit silencieux et s'endormit ; le rôti sur la broche cessa de grillotter, et le cuisinier qui allait tirer l'oreille du marmiton pour quelque bêtise, le laissa et dormit. Même le vent se coucha, et plus la moindre feuille ne bougea sur les arbres tout autour du château.

Mais autour du château la broussaille épineuse se mit à croître et à grandir, à s'épaissir et à monter année après année, si bien que le château en fut d'abord tout entouré, puis complètement recouvert ; c'était à tel point qu'on ne le voyait plus du tout, non, pas même la bannière sur la plus haute tour. Et peu à peu, dans le pays, circula la légende de la belle Fleur-d'Epine endormie sous les ronces, car tel était le nom qu'on avait donné à la princesse ; et des princes y venaient de temps à autre, qui voulaient se forcer un passage à travers les buissons pour pénétrer dans le château. Mais c'était impossible parce que les buissons d'épines, comme avec des mains, se tenaient fermement ensemble, et les jeunes gens y restaient accrochés ; ils ne pouvaient plus s'en défaire et finissaient par mourir là de la plus misérable des morts.

Après bien des années et encore bien des années, il arriva qu'un fils de roi passa dans le pays et entendit ce que racontait un vieillard sur ce massif d'épines, et comment il devait y avoir un château par-dessous, dans lequel une princesse d'une beauté merveilleuse, appelée Fleur-d'Epine, dormait depuis cent ans déjà ; et avec elle dormaient aussi le roi, la reine et la cour tout entière. Ce prince avait également entendu raconter par son grand-père que de nombreux fils de rois étaient déjà venus et avaient essayé de passer à travers la broussaille, mais qu'ils en étaient tous restés prisonniers, mourant là d'une affreuse mort.

Le jeune prince n'en déclara pas moins : « Je n'ai pas peur : je veux y aller et voir la belle princesse Fleur-d'Epine ! » Le bon vieillard put bien le lui déconseiller tant qu'il voulut, il n'écouta rien et n'entendit rien de ce qu'on lui disait.

Mais en vérité, les cent années se trouvaient justement révolues et le jour était arrivé, que la princesse devait se réveiller. Quand le prince avança vers la haute roncière, il ne trouva plus rien devant lui que de belles et grandes fleurs épanouies, qui s'écartaient d'elles-mêmes pour lui ouvrir le passage, et qui se resserraient derrière lui en refermant leur masse épaisse. Dans la cour du château, il vit les chevaux couchés dans leurs stalles comme au-dehors, les grands chiens de chasse blancs et roux, qui dormaient ; sur le toit il vit des pigeons qui avaient tous la tête sous l'aile. A l'intérieur du château, quand il entra, les mouches dormaient sur le mur ; le cuisinier, dans sa cuisine, avait toujours le bras tendu, comme s'il voulait attraper le petit marmiton, et la servante était assise avec la poule noire qu'elle allait plumer ; il pénétra dans la grand-salle du trône, où il vit toute la cour royale endormie et couchée çà et là ; et plus haut, près du trône, le roi lui-même et la reine étaient allongés. Il s'avança encore et s'en alla plus loin ; tout était si calme et si parfaitement silencieux qu'on s'entendait respirer ; et pour finir, le prince monta dans le vieux donjon, ouvrit la porte de la chambrette haute où la belle princesse Fleur-d'Epine dormait. Couchée là, elle était si merveilleusement belle qu'il ne pouvait pas en détourner ses yeux ; il se pencha sur elle et lui donna un baiser.

A la caresse de ce baiser, Fleur-d'Epine ouvrit les yeux, et la belle se réveilla tout à fait, regarda le prince d'un regard tendre et amoureux. Alors ils redescendirent ensemble et quand ils furent en bas, le roi se réveilla, puis la reine et toute la cour sortirent de leur sommeil, et tous s'entre-regardaient avec des yeux ronds. Les chevaux dans la cour se relevèrent et s'ébrouèrent ; les chiens de chasse bondirent en frétillant de la queue ; les pigeons sur le toit tirèrent leur tête de sous l'aile, inspectèrent les environs et prirent leur vol ; les mouches recommencèrent à grimper le long des murs, cependant que le feu reprenait dans la cuisine et, flambant clair, remettait la cuisson en train ; le rôti à la broche grésilla de nouveau, et le cuisinier expédia une bonne taloche au marmiton, le faisant criailler, tandis que la servante se remettait à plumer sa volaille.

Alors furent célébrées avec splendeur les noces du prince avec la belle princesse, que la légende et les gens avaient nommée Fleur-d'Epine, et ce fut le bonheur pour eux jusqu'à la fin de leurs jours.

LE FIANCÉ BRIGAND

Il était une fois un meunier qui avait une fille bien jolie, et lorsqu'elle fut grande, il souhaita qu'elle n'eût plus de soucis et fût bien mariée. « Si quelque prétendant convenable vient me la demander, pensait-il, je la lui donnerai. » Et peu de temps après se présenta un prétendant qui paraissait fort riche et auquel le meunier, ne voyant rien à objecter, promit sa fille.

La jeune fille, par contre, ne sentait pas pour lui le vrai penchant qu'une fiancée doit avoir pour son fiancé, et elle n'avait aucune confiance en lui : elle éprouvait comme une horreur dans le fond de son cœur à chaque fois qu'elle le voyait ou seulement pensait à lui.

— Tu es ma fiancée et tu ne viens même pas me faire une visite chez moi ? lui dit-il une fois.

— Je ne sais pas où est votre maison, lui répondit-elle.

— Au plus épais de la forêt se trouve une maison, dit le fiancé.

Cherchant d'autres prétextes, elle prétendit ne pas être capable d'en trouver le chemin. Mais le fiancé coupa court et lui dit :

— Il faut que tu viennes dimanche prochain, j'ai déjà fait mes invitations ; et pour que tu t'y retrouves dans la forêt, je te tracerai le chemin en y mettant des cendres.

Le dimanche venu, il fallut bien qu'elle se mît en route, mais l'angoisse lui serrait la gorge sans qu'elle sût au juste pourquoi ; et comme elle voulait être sûre de pouvoir retrouver sa route, elle emporta ses pleines poches de lentilles et de petits pois. Dès qu'elle entra dans la forêt, elle suivit le chemin que marquait la cendre, mais tout en avançant, elle jetait de temps à autre, à droite et à gauche, quelques graines par terre. Elle marcha presque toute la journée pour arriver au cœur sombre de la forêt, au plus épais des bois, où se dressait une maison solitaire, qui ne lui plut pas du tout à cause de son air ténébreux et sinistre.

Elle y entra, mais ne trouva personne à l'intérieur et resta là, écoutant régner le grand silence, quand soudain une voix cria :

Chez les brigands tu es entrée !
Va-t'en, va-t'en, la fiancée.

La jeune fille leva les yeux et vit que la voix venait d'un oiseau dans une cage suspendue au mur. Et l'oiseau de nouveau cria :

Va-t'en, va-t'en, la fiancée
Chez les brigands tu es entrée !

Passant alors d'une pièce à l'autre, la jolie fiancée visita toute la maison qu'elle trouva entièrement vide et sans âme qui vive. Elle descendit même à la cave pour finir, et là, il y avait une vieille, vieille femme qui était assise et qui branlait la tête.

— Pouvez-vous me dire si mon fiancé habite bien ici ? demanda la jeune fille.

— Hélas, ma pauvre enfant ! dit la vieille, où t'es-tu donc fourrée ? Tu es ici dans un repaire de bandits, un coupe-gorge, une maison d'assassins. Tu croyais être une fiancée qui va bientôt fêter ses noces, mais c'est avec la mort que tu vas les fêter ! Tu vois ce grand chaudron ? Je devais le remplir et le mettre au feu quand tu serais tombée entre leurs mains, et ils t'auraient coupée en morceaux pour t'y faire cuire et te manger, parce que ce sont des ogres. Mais j'ai pitié de toi et je te sauverai ! Autrement tu étais perdue.

La vieille la conduisit alors et la fit se cacher derrière un grand tonneau où l'on ne pouvait pas la voir.

— Ne fais pas plus de bruit qu'une souris, lui recommanda-t-elle, ne bouge pas de là, ne fais pas le moindre mouvement, sans quoi c'en est fini de toi. Cette nuit, quand les bandits seront endormis, nous nous enfuirons toutes les deux : c'est l'occasion que j'attendais depuis longtemps.

A peine était-ce dit, que déjà les bandits rentraient chez eux : toute la bande de ces scélérats qui traînaient avec eux une autre jeune fille ; ils étaient ivres et n'écoutaient ni ses cris, ni ses plaintes, ni ses gémissements. Ils lui donnèrent du vin à boire : trois verres, qu'ils la forcèrent d'absorber, un verre de rouge, un verre de blanc et un verre de jaune, qui lui fit éclater le cœur. Ils lui arrachèrent alors ses riches vêtements, la couchèrent sur une table et coupèrent son beau corps en morceaux, à coups de hache, puis salèrent les morceaux en les couvrant de gros sel.

La pauvre fiancée, derrière le gros tonneau, tremblait de tous ses membres en voyant quel sort les bandits lui auraient réservé. L'un d'eux, qui venait de voir une bague d'or au doigt de la morte, voulut la prendre, mais ne réussit pas tout de suite à la faire glisser du doigt ; alors il empoigna la hache et lui trancha ce doigt d'un coup furieux qui l'envoya voler en l'air et retomber, finalement, sur les genoux de la malheureuse qui tremblait derrière le gros tonneau. Le bandit attrapa une chandelle et se mit à chercher après, mais sans rien trouver.

— As-tu regardé derrière le tonneau ? lui suggéra l'un des autres bandits.

Sur quoi la vieille femme leur cria à tous :

— A table maintenant, venez manger ! Vous pouvez bien attendre à demain matin pour chercher : le doigt ne va pas s'envoler tout seul !

— Elle a raison ! dirent les bandits, abandonnant la recherche pour aller manger et boire.

La vieille femme avait mis un somnifère dans leur vin et ils ne tardèrent pas à se coucher tous dans la cave, dormant et ronflant comme les brutes qu'ils étaient.

La jeune fiancée, en entendant ces ronflements, sortit

de derrière son tonneau et dut enjamber les corps serrés des dormeurs qui encombraient la cave ; elle avait terriblement peur d'en réveiller un au passage, mais grâce à Dieu, elle traversa sans dommage, et la vieille l'entraîna vivement en haut, ouvrit la porte, et elles s'enfuirent aussi vite qu'elles le pouvaient, courant presque pour s'éloigner de la maison des assassins. Le vent avait dispersé les cendres qui marquaient le chemin, mais les lentilles et les pois avaient germé et poussé, si bien qu'avec le clair de lune, elles purent le suivre sans difficulté ; et elles marchèrent toute la nuit durant pour arriver enfin au moulin avec le petit matin. La jeune fille raconta tout ce qu'il lui était advenu à son père, muet d'étonnement.

Vint le jour que devaient se célébrer les noces, et le fiancé arriva. Mais le meunier n'avait pas manqué d'inviter tous ses parents et amis en grand nombre. Quand tout le monde fut à table, chacun dut raconter une histoire et tous le firent, l'un après l'autre. Mais la mariée restait assise et ne disait rien.

— Eh bien, mon cœur, tu ne sais donc rien dire ? Raconte-nous aussi quelque chose ! lui dit le fiancé.

— Alors je vais vous raconter un rêve, dit-elle. Je marchais seule dans une grande forêt et j'ai fini par arriver à une étrange maison où il n'y avait personne, pas une âme de bas en haut ; mais au mur, dans une cage, il y avait un oiseau qui criait :

Chez les brigands tu es entrée !
Va-t'en, va-t'en, la fiancée.

» Une fois je l'entendis, et encore une autre fois, mais je ne faisais que rêver, mon chéri. Alors je suis entrée dans toutes les chambres, et toutes les chambres étaient complètement vides ; il y avait quelque chose d'affreusement sinistre dans cette maison déserte. Alors je suis descendue à la cave pour finir, et là il y avait une vieille, vieille femme à la tête branlante. Je lui ai demandé : "Est-ce que mon fiancé habite ici, dans cette maison ?"

Elle m'a répondu : "Hélas ! ma pauvre enfant, tu es tombée dans un repaire de bandits. Ton fiancé habite ici, en effet, mais il va te tuer et te couper en morceaux ; et moi je devrai te faire cuire et il te mangera." C'était dans mon rêve, mon chéri, rien qu'un rêve que je faisais, tu comprends ? Alors la vieille femme m'a cachée derrière un grand tonneau pour que personne ne me voie, et j'étais à peine là, que déjà les bandits rentraient chez eux avec une malheureuse jeune fille qu'ils traînaient à leur suite. Ils lui donnèrent à boire trois sortes de vins : du rouge, du blanc et du jaune, qui lui fit éclater le cœur. C'est ce que j'ai rêvé, mon chéri, rien d'autre que mon rêve. Alors ils lui ont enlevé ses riches vêtements et ils ont coupé son beau corps en morceaux sur une table, et ils ont répandu du sel dessus. Mon chéri, c'est seulement ce que j'ai rêvé. Il y avait à son doigt une bague d'or, que l'un de ces bandits a vue et a voulu prendre, mais comme la bague ne venait pas assez vite, il lui a coupé le doigt d'un coup de hache. Mais le doigt a sauté et volé en l'air par-dessus le grand tonneau pour venir me tomber sur les genoux.

» Et ce doigt avec la bague, le voici ! conclut-elle brusquement en prenant le doigt dans sa poche pour le montrer à toute l'assistance.

Le bandit, qui était devenu blanc de craie tout au long de son histoire, se leva brusquement et voulut se sauver, mais l'assistance était nombreuse et le tint bien. Ils l'immobilisèrent et le livrèrent à la justice. Et ce fut ainsi qu'il finit avec toute sa bande, jugé et condamné pour tous les crimes commis.

JEANNOT ET MARGOT

Tout près d'une grande forêt vivaient un pauvre bûcheron, sa femme et leurs deux enfants : un garçon qui s'appelait Jeannot, et une fillette qui se nommait Margot. Le bûcheron gagnait si peu qu'il n'avait presque rien à leur donner à manger d'ordinaire, mais lorsqu'il y eut la famine dans la contrée, ce fut même le pain quotidien qui manqua. Un soir qu'il ne pouvait dormir à cause de ses soucis et qu'il se retournait dans son lit en soupirant à cause de ses tristes pensées, il dit à sa femme : « Qu'allons-nous devenir ? Et comment pourrions-nous faire manger nos enfants quand nous n'avons rien à manger nous-mêmes ?

— Sais-tu quoi, mon homme ? Demain matin, de très bonne heure, nous emmènerons les enfants dans la forêt, là où elle est le plus épaisse. Nous leur préparerons un feu là-bas, et nous leur donnerons encore à chacun un dernier petit bout de pain, puis nous irons à notre travail et nous les laisserons seuls. Ils ne retrouveront plus le chemin de la maison et nous en serons débarrassés.

— Non, femme, je ne peux pas faire cela ! dit-il. Comment prendrais-je sur mon cœur de laisser mes enfants tout seuls dans la forêt, avec les bêtes sauvages qui ne tarderaient pas à venir les dévorer ?

— Idiot que tu es ! dit la femme. Nous allons donc mourir de faim tous les quatre, et il ne te reste plus qu'à raboter les planches pour nos cercueils ! »

Sans lui laisser ni trêve ni repos, elle continua et insista jusqu'à ce qu'il eût consenti.

— Mais quand même, dit l'homme, ces pauvres enfants me font regret.

Les deux enfants, qui ne pouvaient pas dormir à cause de la faim, avaient tout entendu de ce que la marâtre avait dit à leur père. Margot, en pleurant des larmes amères, dit à Jeannot : « A présent, c'en est fini de nous !

— Console-toi, Margot, ne te mets pas en peine, dit Jeannot : j'aurai tôt fait de nous tirer de là. »

Et quand les parents furent endormis, il se glissa à bas du lit, enfila sa petite veste, courut jusqu'à la porte-coupée, dont il ouvrit le bas, et passa dehors. C'était en plein clair de lune et le gravier, devant la maison, faisait luire ses petits cailloux comme autant de sous neufs. Jeannot se baissa et en ramassa tant qu'il put en mettre dans ses petites poches ; puis il rentra et dit à Margot : « Tranquillise-toi, ma chère petite sœur, tu peux dormir en paix et avoir confiance : Dieu ne nous abandonnera pas. » Puis il se remit au lit.

A la pointe du jour, bien avant le lever du soleil, la femme s'en venait réveiller les deux enfants : « Debout ! Debout, paresseux, leur dit-elle, nous allons dans la forêt pour y faire du bois. » Ensuite elle leur donna à chacun un petit bout de pain en leur disant : « Comme cela, vous aurez un petit quelque chose pour midi ; mais ne le mangez pas avant, parce qu'il n'y aura rien d'autre. » Margot serra le pain sous son tablier puisque Jeannot avait les cailloux dans ses poches ; et en route pour la forêt. Après un petit bout de chemin, Jeannot s'arrêta et se retourna pour jeter un coup d'œil du côté de la maison, puis encore un peu plus loin, et encore, et encore il recommençait la même chose.

— Qu'est-ce que tu as à toujours regarder et traîner en arrière ? lui dit son père. Tâche de faire attention et n'oublie pas de faire marcher tes jambes !

— Oh ! père, c'est mon petit chat blanc que je regardais : il est monté sur le toit et veut me dire adieu.

— Idiot, dit la femme, ce n'est pas ton chat : c'est le soleil levant qui luit sur la cheminée !

Mais Jeannot n'avait ni regardé, ni vu son petit chat ;

il avait seulement tiré chaque fois un petit caillou blanc de sa poche pour le jeter sur le chemin.

Lorsqu'ils furent arrivés au beau milieu de la forêt, le père dit : « A présent, les enfants, vous allez me ramasser du bois : je vais vous faire un feu pour que vous n'ayez pas froid. » Jeannot et Margot rapportèrent du bois mort et en firent tous les deux une petite montagne. Le feu fut allumé, et quand la flamme fut bien haute, la femme dit : « Vous, les enfants, couchez-vous près du feu et reposez-vous pendant que nous allons plus loin faire du bois. Nous viendrons vous chercher quand nous aurons fini. »

Jeannot et Margot se tinrent sagement près du feu, et quand ce fut midi, chacun mangea son petit bout de pain. Ils croyaient que leur père n'était pas loin, parce qu'ils entendaient les coups de la cognée ; mais ce n'était pas sa hache qu'ils entendaient frapper : c'était une grosse branche qu'il avait attachée de telle sorte que le vent la fît battre çà et là. Et comme ils étaient restés là longtemps, ils eurent les yeux lourds de fatigue et ils finirent par s'endormir. Quand ils se réveillèrent, c'était déjà nuit noire. Margot commença à pleurer en disant : « Comment allons-nous faire à présent pour sortir de la forêt ? » Mais Jeannot la réconforta et lui dit : « Attends seulement que la lune se lève, ce ne sera pas long, et nous trouverons bien le chemin. » Et quand la pleine lune fut levée, Jeannot prit Margot par la main et emmena sa petite sœur en suivant le chemin tracé par les cailloux blancs, qui luisaient comme des sous neufs. Ils marchèrent toute la nuit et n'arrivèrent qu'à la pointe du jour devant la maison de leur père. Ils frappèrent à la porte et la femme vint ouvrir ; et quand elle vit que c'étaient Jeannot et Margot, elle s'écria : « Méchants enfants ! Dormir si longtemps dans la forêt, en voilà des façons ! Nous avons cru que vous vouliez ne plus jamais revenir. » Le père, par contre, se réjouit de les revoir, car son cœur lui pesait de les avoir laissés comme cela, tout seuls.

Mais au bout de très peu de temps ce fut de nouveau

la misère chez eux, et le besoin était dans tous les coins ; et de nouveau les enfants entendirent leur mère qui parlait avec leur père et qui lui disait : « Voilà que tout est encore mangé : une demi-miche de pain, c'est tout ce qu'il nous reste, et après c'est fini la musique. Il faut expédier les enfants, mais cette fois nous les mènerons bien plus profond dans la forêt pour qu'ils n'arrivent pas à retrouver le chemin ; autrement, pas de salut pour nous. » L'homme se sentit un gros poids sur le cœur et pensa : « Mieux vaudrait partager avec les enfants ta dernière bouchée ! » Sa femme ne voulut rien entendre de ce qu'il pouvait dire ; elle le rabroua, au contraire, le houspilla et l'accabla de reproches. Qui a dit A doit aussi dire B, et puisqu'il avait consenti la première fois, il fallut bien qu'il cédât la seconde aussi.

Mais les enfants ne dormaient pas non plus, et ils avaient surpris tout le dialogue. Aussi Jeannot se leva-t-il quand les vieux se furent endormis, comme la fois d'avant, voulant se glisser dehors. Mais cette fois la mère avait fermé les deux parties de la porte et il ne put sortir. Néanmoins, il réconforta sa petite sœur et lui dit : « Ne t'inquiète pas, Margot, tu n'as pas besoin de pleurer et tu peux dormir tranquille : Dieu nous assistera encore. »

Au petit matin, la femme vint tirer les enfants du lit, mais le petit bout de pain qu'ils reçurent était encore un plus petit bout que l'autre fois. En route vers la forêt, Jeannot l'émietta dans sa poche et s'arrêta de temps à autre pour en jeter une miette sur le chemin.

— Jeannot, qu'est-ce que tu restes en arrière à regarder n'importe quoi ? gronda le père. Allons, avance !

— C'est mon petit pigeon blanc que je regardais, dit Jeannot : il est perché sur le toit et veut me dire adieu.

— Idiot, ce n'est pas ton petit pigeon, dit la femme : c'est le soleil levant qui luit sur la cheminée !

Ce qui n'empêcha pas le garçon de jeter de place en place toutes les miettes de son pain sur le chemin.

La femme emmena les enfants bien plus au cœur de la forêt, dans un endroit qu'ils n'avaient jamais vu de leur vie. Un grand feu fut préparé de nouveau et la mère leur dit : « Restez là, les enfants, et quand vous serez fatigués, vous n'aurez qu'à dormir un peu : nous allons faire du bois un peu plus loin et ce soir, quand nous aurons fini, nous viendrons vous chercher. » Lorsque ce fut midi, Margot partagea son peu de pain avec Jeannot, puisqu'il avait semé son morceau miette par miette tout le long du chemin. Après, les enfants s'endormirent et le temps passa ; l'après-midi s'écoula, puis le soir, mais personne ne revint près des pauvres petits. Quand ils se réveillèrent enfin, c'était déjà nuit noire, et Jeannot consola sa petite sœur en lui disant : « Attends seulement que la lune se lève, Margot, alors nous pourrons voir les miettes que j'ai répandues et qui nous montreront le chemin jusqu'à la maison. » La lune monta et ils se levèrent, mais ils ne trouvèrent plus une seule miette de pain nulle part, car les milliers de becs des milliers d'oiseaux qui volent tout partout, dans la forêt ou la campagne, les avaient avalées.

« Nous trouverons bien notre chemin quand même, va ! » dit Jeannot à Margot. Mais ils ne le trouvèrent pas. Ils marchèrent toute la nuit et encore toute la journée du matin jusqu'au soir, mais ils n'étaient toujours pas sortis de la grande forêt ; et comme ils n'avaient rien mangé que quelques rares petits fruits qu'ils avaient pu trouver par terre, quelle faim ils avaient ! Ils étaient tellement fatigués que leurs jambes ne voulaient plus les porter. Alors ils se laissèrent tomber au pied d'un arbre et s'y endormirent. Le matin fut vite là, et c'était déjà leur troisième journée loin de la maison paternelle. Ils se remirent en marche, mais ce fut pour s'enfoncer toujours plus profondément dans la forêt ; s'il ne leur venait pas un prompt secours, ils allaient infailliblement mourir d'épuisement. Or, vers midi, ils aperçurent sur une branche un bel oiseau blanc comme neige, et il chantait si joliment qu'ils s'arrêtèrent pour l'écouter. Son chant fini, l'oiseau ouvrit ses ailes et voleta devant eux, et ils le suivirent jusqu'auprès d'une maisonnette, sur le toit de laquelle il alla se poser. En approchant encore, ils virent que la maisonnette avait des murs de pain d'épice et un toit de biscuit ; quant aux fenêtres, elles étaient de sucre filé.

— Nous allons croquer dedans, que c'en est une bénédiction ! Moi je mange un bout de toit, dit Jeannot, et toi, Margot, tu peux manger de la fenêtre, c'est tout sucré.

Il se mit sur la pointe des pieds pour atteindre le toit, et s'en cassa d'abord un petit bout pour voir si c'était bon, tandis que Margot s'agrippait à la fenêtre et se mettait à en grignoter. Alors une douce voix sortit de l'intérieur :

Et j'te grignote et grignotons,
Qui me grignote ma maison ?

Tranquillement, les enfants répondirent :

C'est le vent, c'est le vent,
C'est le céleste enfant,

et ils continuèrent à manger sans se laisser troubler ni déranger. Jeannot, qui avait trouvé le toit fort à son goût, s'en cassa du coup un bon morceau, et Margot, de son côté, avait ôté de la fenêtre toute une belle vitre ronde, s'était assise par terre et s'en régalait tout son soûl. Mais voilà que la porte s'ouvre d'un coup, et qu'une vieille encore plus vieille que les pierres s'avance à petits pas dehors, en béquillant sur sa béquille. Jeannot et Margot en furent si violemment épouvantés qu'ils en laissèrent tomber ce qu'ils avaient dans les mains. Mais la vieille branla tête et dit : « Hé, hé ! mes chers enfants, qui vous a amenés ici ? Mais entrez donc, voyons ! et restez chez moi, il ne vous arrivera rien de mal. » Elle les prit par la main tous les deux et les conduisit dans sa maisonnette. Là, ils eurent devant eux de bonnes choses à manger, du lait et des crêpes au sucre, des pommes et des noix ; puis ils eurent deux beaux petits lits blancs pour se coucher, et ils se crurent au ciel.

Mais si la vieille avait été si aimable, c'était seulement

pour faire semblant : en réalité c'était une méchante sor-cière qui guettait les enfants, et c'était justement pour les attirer qu'elle avait construit sa maisonnette de pain d'épices. Une fois qu'ils étaient en son pouvoir, elle les tuait, les faisait cuire et les mangeait, ce qui était pour elle un jour de fête. Les sorcières ont les yeux rouges et la vue si basse qu'elles n'y voient que de tout près ; mais elles ont une espèce de flair, comme les animaux, et elles savent très bien quand on approche d'elles. Ainsi quand Jeannot et Margot arrivèrent dans les environs, elle avait ricané méchamment et dit en se réjouissant d'avance : « Je les tiens, ceux-là, ils ne m'échapperont plus ! » Le lendemain matin, très tôt, elle se leva avant le réveil des enfants, et quand elle les vit dormir si gentiment, avec leurs bonnes joues rouges, elle se chuchota à elle-même : « Un fameux morceau que je vais avoir là ! » Alors elle empoigna Jeannot de ses mains sèches et le porta dans une petite remise où elle l'enferma derrière une porte grillée : il pouvait bien crier tant qu'il voulait, cela ne servait à rien. Ensuite elle revint secouer Margot pour la réveiller, et elle lui cria : « Debout, paresseuse, puise de l'eau et fais cuire quelque chose de bon pour ton frère qui est là-bas, dans la remise, où il faut qu'il engraisse. Parce que dès qu'il sera assez dodu, je le mangerai. » Et Margot eut beau pleurer très amèrement, cela ne servit à rien et rien n'y fit : elle dut faire ce que la méchante sorcière voulait.

Dès lors, pour le malheureux Jeannot, fut préparée la meilleure cuisine ; Margot, par contre, n'avait rien que les os à sucer, ou la carapace des écrevisses. Chaque matin, la vieille se traînait jusqu'à la petite remise et criait : « Jeannot, passe-moi tes doigts dehors, que je tâte pour savoir si tu seras bientôt assez gras. » Mais Jeannot lui tendait un petit os, et la vieille, avec sa vue trouble, ne voyait rien et croyait que c'était son doigt, s'étonnant qu'il ne voulût toujours pas engraisser. Au bout de quatre semaines, comme il était toujours aussi maigre, la vieille s'impatienta et ne voulut pas attendre plus longtemps.

— Holà, Margot ! cria-t-elle à la fillette, tâche de ne pas traîner et apporte de l'eau ! Maigre ou gras, le Jeannot, je le tue demain pour le faire cuire.

Ah ! comme elle se désola, la pauvre petite sœur, quand elle dut porter de l'eau ! Et comme elles ruisselaient, les larmes, tout le long de ses joues ! « Mon Dieu, mon Dieu, gémissait-elle, viens donc à notre secours ! Si seulement les bêtes sauvages dans la forêt nous avaient dévorés, au moins nous serions morts ensemble !

— Epargne-moi tes piailleries, dit la vieille, cela ne sert à rien du tout. »

Le lendemain, de très bonne heure, Margot fut dehors et dut suspendre le chaudron rempli d'eau et allumer le feu dessous. « Avant tout, dit la vieille, nous allons faire cuire le pain : j'ai déjà fait chauffer le four et la pâte est pétrie. » Et elle poussa la malheureuse Margot devant l'entrée du four, où l'on voyait déjà sortir les flammes du grand feu qui brûlait. « Faufile-toi dedans, dit la sorcière, et vois un peu si c'est assez chaud pour qu'on enfourne le pain. » Oui, et quand Margot serait dedans, elle fermerait la porte sur elle et pousserait encore le feu pour qu'elle y rôtisse, et alors elle la mangerait aussi. Mais Margot avait compris ce qu'elle avait dans l'idée, et elle dit : « Je ne sais pas comment m'y prendre pour entrer là-dedans. Que faut-il faire ?

— Stupide dinde ! s'exclama la vieille, l'ouverture est bien assez grande ! Regarde : je pourrais moi-même y passer ! »

Et en même temps, elle s'accroupissait devant le four et s'y poussait à petits coups pour y engager la tête. Alors Margot la poussa un grand coup pour la faire basculer dedans, ferma la porte de fer et bloqua le gros verrou. Houla ! quels hurlements affreux elle se mit à pousser là-dedans ! Mais Margot s'éloigna de toute la vitesse de ses petites jambes et il fallut bien que la maudite sorcière brûlât et pérît misérablement.

Margot s'était précipitée directement vers Jeannot, ouvrant bien vite la petite remise en lui criant : « Jeannot, nous sommes libres ! La vieille sorcière est morte ! »

Tel un oiseau hors de sa cage, il était sorti dès que la porte s'était ouverte ; et quelle joie pour eux ! et comme ils tombèrent dans les bras l'un de l'autre, s'embrassèrent et gambadèrent comme des fous ! Maintenant qu'ils n'avaient plus rien à craindre, ils entrèrent dans la maison de la sorcière, où il y avait dans tous les coins des coffres pleins de perles et de pierres précieuses.

— C'est encore mieux que les petits cailloux blancs ! remarqua Jeannot, tout en en remplissant ses poches à craquer.

— Moi aussi, je veux rapporter quelque chose à la maison, dit Margot, qui en prit plein son tablier.

— Mais à présent allons-nous-en, dit Jeannot, parce qu'il faut d'abord sortir de cette forêt de sorcières.

Ils s'en allèrent et marchèrent pendant quelques heures, mais là, ils furent arrêtés par une large rivière.

— Nous ne pouvons pas traverser, dit Jeannot : je ne vois ni pont, ni gué.

— Et pas le plus petit bateau non plus, ajouta Margot. Mais je vois là un canard blanc, et si je lui demande, il va bien nous aider.

Canard blanc, canard blanc,
Ici Margot et Petit-Jean.
Aucun sentier et pas de pont,
Porte-nous sur ton beau dos rond.

Ainsi avait-elle appelé, et le canard s'était aussi approché. Jeannot s'installa sur son dos, se tournant aussitôt pour dire à sa petite sœur de venir s'y asseoir aussi. « Non, non, dit-elle, ce serait trop lourd pour le petit canard : il faut qu'il nous porte l'un après l'autre pour traverser. » Et c'est ce que fit le brave petit canard ; et quand ils furent de l'autre côté, ils marchèrent encore un petit moment, et voilà qu'autour d'eux la forêt était de moins en moins étrangère, plus connue et toujours plus connue à mesure qu'ils avançaient, jusqu'au moment où ils aperçurent de loin la maison de leur père.

Ils y coururent, entrèrent en trombe dans la chambre

et se jetèrent au cou de leur père. Le pauvre homme n'avait pas eu une heure de bon temps depuis qu'il avait laissé ses enfants dans la forêt ; mais la femme était morte. En secouant son tablier, Margot fit cascader les perles et les pierres précieuses qui roulèrent de tous côtés, cependant que Jeannot les tirait par poignées de ses poches et les faisait rouler aussi. De leurs soucis, dès lors, ils ne surent plus rien ; et ils vécurent ensemble en perpétuelle joie. Mon conte est fini, trotte la souris, celui qui la prendra pourra se faire un grand bonnet, un grand bonnet de sa fourrure, et puis voilà !

LE CONTE DU CRAPAUD

Il était une fois un petit garçon qui avait tous les jours, pour son goûter, une brioche et un petit bol de lait que lui donnait sa mère ; il emportait son bol et sa brioche et s'en allait manger dehors. Dès qu'il commençait à manger, le crapaud familier de la maison se glissait hors d'une fente du mur et arrivait, penchait sa petite tête dans le lait et partageait son goûter. C'était une joie pour le petit garçon ; et quand il était là avec son bol, si d'aventure le crapaud ne venait pas tout de suite, il l'appelait :

Crapaud, crapaud, petit crapaud,
Viens manger ton gâteau !
Arrive vite, s'il te plaît
Te régaler avec mon lait !

Alors le crapaud trottait vite vers l'enfant et s'en donnait à cœur joie. Mais il lui montrait aussi sa gratitude en lui apportant toutes sortes de choses tirées de son trésor secret : des pierres étincelantes, des perles ou de petits jouets d'or. Seulement le crapaud ne touchait pas aux miettes de brioche et se contentait de laper le lait, alors l'enfant s'arma de sa petite cuillère et lui frappa légèrement la tête en lui disant : « Mange les miettes ! Tu dois manger les miettes aussi ! » La mère, dans sa cuisine, entendit parler son enfant et vint voir avec qui il était en conversation ; mais quand elle le vit occupé à frapper sur la tête d'un crapaud avec sa petite cuillère, elle attrapa une grosse bûche avec laquelle elle écrasa la brave petite bête.

A partir de ce moment tout changea pour l'enfant : tant que le crapaud était venu manger avec lui, il grandissait en force et en généreuse santé, alors que maintenant il perdait ses belles couleurs et maigrissait de jour en jour. Il ne fallut pas longtemps pour entendre crier l'oiseau de la mort et pour voir le rouge-gorge ramasser les brindilles et les feuilles d'une couronne mortuaire ; quelques jours plus tard, l'enfant était couché dans son cercueil. C'était fini.

Un autre conte du crapaud

Une orpheline qui filait sa quenouille, assise au pied du mur d'enceinte de la ville, vit un crapaud sortir de son trou dans le mur ; vite, elle étala devant lui son foulard de soie bleue, que les crapauds aiment énormément et sur quoi ils marchent de préférence. Dès qu'il l'eut aperçu, le crapaud fit demi-tour, puis revint peu après, apportant une petite couronne d'or qu'il posa sur le foulard de soie avant de regagner son trou de nouveau. La fillette prit la couronne, qui était faite d'un délicat filigrane d'or et qui brillait merveilleusement. Le crapaud s'en revint peu de temps après, et quand il s'aperçut que la couronne n'y était plus, son désespoir fut tel qu'il alla se frapper la tête contre le mur, recommençant et recommençant jusqu'à ce qu'il eût épuisé ses forces et tombât mort.

Si la fillette n'avait pas enlevé la couronne, le crapaud n'eût certainement pas manqué d'apporter bien d'autres trésors de son trou.

CENDRILLON

Il y avait un homme riche dont la femme était tombée malade ; et quand elle se sentit approcher de sa fin, elle appela à son chevet son unique fillette et lui dit : « Mon enfant chérie, reste toujours pieuse et bonne, et tu pourras compter sur l'aide du Bon Dieu ; et moi, du haut du ciel, je te regarderai et te protégerai. » Après ces paroles, elle ferma les yeux et mourut. Chaque jour, désormais, la fillette se rendit sur la tombe de sa mère, et chaque jour elle pleurait, s'appliquant à rester pieuse et bonne. Quand l'hiver vint, il mit un blanc manteau de neige sur la tombe ; et quand le soleil du printemps l'eut enlevé, le père prit une seconde femme.

Cette femme avait amené dans la maison ses deux filles, qui étaient jolies et blanches de visage, mais vilaines et noires de cœur. Et pour la pauvre enfant du premier lit, ce fut une période affreuse qui commença.

— Cette dinde idiote, est-ce qu'elle va rester avec nous ? dirent-elles. Elle n'a pas sa place au salon ! Il faut gagner son pain quand on veut le manger. Allez ouste ! Hors d'ici, la fille de cuisine !

Elles lui ôtèrent ses beaux vêtements, lui mirent un vieux tablier gris et la chaussèrent de sabots de bois, puis se moquèrent d'elle en la poussant dans la cuisine. « Oh ! la fière princesse, qu'elle est bien attifée, voyez-moi ça ! » Alors elle dut travailler dur du matin jusqu'au soir, se lever tôt, tirer de l'eau, allumer le feu, faire la cuisine et la vaisselle, la lessive et tous les gros travaux. Les deux sœurs, au surplus, n'arrêtaient pas de lui faire toutes les misères possibles et imaginables, riaient d'elle à tout propos, lui jetaient les pois ou les lentilles dans la cendre pour qu'elle eût à rester là encore à les trier une fois de plus. Le soir, quand elle était exténuée de sa journée, elle n'avait pas de lit pour se coucher, mais devait s'étendre par terre, sur la pierre du foyer, dans les cendres ; et comme elle en était toujours souillée et salie, les sœurs l'appelaient Cendrillon[1].

Un jour que le père devait se rendre à la foire, il demanda à ses deux belles-filles ce qu'elles voulaient qu'il leur en rapportât. « De belles robes ! » dit l'une. « Des perles et des joyaux ! » dit l'autre.

— Et toi, Cendrillon, qu'aimerais-tu ? demanda-t-il à sa fille.

— La première branche qui cinglera votre chapeau en cours de route, père, coupez-la pour moi, répondit-elle.

Il acheta donc pour ses deux belles-filles de jolies toilettes, des perles et des pierres précieuses ; et il s'en revenait, quand en passant à cheval dans un bosquet, une branche de noisetier lui cingla le chapeau et le lui fit tomber à terre. Il coupa le rameau et l'emporta. Arrivé à la maison, il donna aux deux sœurs ce qu'elles avaient voulu, et à Cendrillon le rameau de noisetier. Cendrillon l'en remercia et s'en alla planter la petite branche sur la tombe de sa mère ; elle pleurait si fort que ses larmes mouillèrent et arrosèrent le rameau, qui prit racine, poussa et devint un fort bel arbre. Cendrillon s'y rendait chaque jour trois fois, pleurant et priant sous le bel arbre, et toujours un petit oiseau blanc venait s'y poser ; et si elle formulait un souhait, le petit oiseau de l'arbre lui jetait aussitôt ce qu'elle avait souhaité.

Il advint, une fois, que le roi donna une grande fête de trois jours, à laquelle étaient invitées toutes les jolies filles du pays, afin que son fils pût se choisir une fiancée. Quand les deux sœurs apprirent qu'elles étaient invitées aussi, elles furent tout excitées et appelèrent Cendrillon aussitôt : « Coiffe-nous, lui dirent-elles, fais briller nos chaussures et serre-nous bien dans nos ceintures : nous

1. On ne sait généralement plus aujourd'hui que c'était le nom d'un chaudron qui restait dans l'âtre.

allons pour le mariage au palais du roi. » Cendrillon obéit, mais en pleurant, tant elle eût aimé les accompagner au bal ; aussi alla-t-elle en demander la permission à sa belle-mère.

— Toi, Cendrillon ? fit la belle-mère. Sale et dégoûtante comme tu l'es, tu voudrais être de la noce ? Tu n'as ni robe ni souliers, et tu voudrais aller danser ?

Mais comme elle ne se laissait pas décourager et continuait de la supplier, la belle-mère finit par lui dire, pour avoir la paix : « Bon, tu pourras venir si, en deux heures de temps, tu réussis à ramasser et à trier le pot de lentilles que je vais renverser dans les cendres. » Le pot versé, Cendrillon gagna le jardin par la porte de derrière et appela :

— Gentils pigeons, mignonnes tourterelles, et vous tous les petits oiseaux de sous le ciel, venez vite à mon aide et trions comme il faut :

Les bonnes dans le petit pot,
Les autres dans votre jabot.

Deux blancs pigeons entrèrent d'abord par la fenêtre de la cuisine, puis vinrent les tourterelles et enfin tous les petits oiseaux du ciel, en rangs pressés, battant des ailes, pour se poser tout partout sur les cendres. Les pigeons penchèrent un peu la tête et commencèrent à pic, pic, pic, piqueter les lentilles, et les autres se mirent aussi à pic, pic, pic, piqueter les lentilles pour les tirer de la cendre et les rassembler dans le pot. Il ne s'était pas passé une heure que déjà tout était fini et que tous les oiseaux s'étaient envolés de nouveau. Tout heureuse, Cendrillon s'empressa d'aller montrer le pot à sa marâtre, croyant qu'elle allait, elle aussi, se rendre avec les autres à la fête du roi.

— Non, Cendrillon, dit celle-ci : tu n'as pas de robe à te mettre et tu ne sais pas danser. Tout le monde se moquerait de toi.

Mais pour qu'elle cessât de pleurer, la marâtre lui promit :

— Si tu me tries deux pleins pots de lentilles dans la cendre en une heure de temps, alors tu pourras venir.

Car en elle-même, elle se disait : « Cela, jamais elle n'arrivera à le faire ! »

Dès qu'elle eut éparpillé les deux pots de lentilles dans les cendres, Cendrillon courut au jardin par la porte de derrière et appela :

— Gentils pigeons, mignonnes tourterelles, et vous tous les petits oiseaux de sous le ciel, venez vite à mon aide et trions comme il faut :

Les bonnes dans le petit pot,
Les autres dans votre jabot.

Deux blancs pigeons entrèrent d'abord par la fenêtre de la cuisine, puis vinrent les tourterelles et enfin tous les petits oiseaux du ciel, en rangs serrés, battant des ailes, pour se poser tout partout sur les cendres. Les pigeons penchèrent un peu la tête et commencèrent à pic, pic, pic, piqueter les lentilles, et les autres se mirent aussi à pic, pic, pic, piqueter les lentilles pour les tirer de la cendre et les ramasser dans les pots. Il ne s'était pas passé une demi-heure que tout était fini et que tous les oiseaux s'envolèrent de nouveau. Joyeuse, Cendrillon s'empressa d'aller montrer les pots à sa marâtre, croyant aller avec les autres à la fête du roi.

— Tout cela ne sert à rien, dit celle-ci : tu n'as pas de robe à te mettre et tu ne sais pas danser ; tu ne peux donc pas venir avec nous. Tu nous ferais honte.

Elle lui tourna le dos et gagna la porte avec ses deux filles orgueilleuses et altières.

Lorsqu'il n'y eut plus personne à la maison, Cendrillon alla sur la tombe de sa mère, se mit sous le noisetier et dit :

Arbre gentil, agite-toi bien fort
Pour me couvrir d'argent et d'or.

Alors l'oiseau lui fit descendre une robe d'argent et d'or ainsi que des pantoufles brodées de soie et d'argent. Elle se hâta de revêtir la robe et alla à la fête des noces. Ni sa belle-mère, ni ses demi-sœurs ne la reconnurent, pensant plutôt que ce devait être là quelque fille de roi étrangère au pays, tant elle était belle dans sa robe d'or. Elles ne songeaient pas le moins du monde à Cendrillon, qu'elles croyaient toujours à la maison, en train de fouiller dans les cendres pour en trier les lentilles. Le fils du roi vint à sa rencontre, la prit par la main et dansa avec elle. Il ne voulut même danser avec nulle autre, et c'est pourquoi il ne lui lâchait pas la main ; et si quelque autre cavalier venait pour l'inviter à son tour, le prince lui disait : « C'est ma cavalière. »

Jusqu'au soir elle dansa, puis elle voulut rentrer chez elle, mais le prince lui dit qu'il irait avec elle et l'accompagnerait, tant il était curieux de voir de quelle famille venait cette jolie jeune fille. Il l'accompagna, en effet, mais au dernier moment elle lui échappa et sauta dans le pigeonnier. Le prince attendit que revînt le père et lui dit que la jeune inconnue avait sauté dans le pigeonnier. « Serait-ce Cendrillon ? » se demanda le père, qui réclama une hache et une pioche pour ouvrir en deux le pigeonnier. Mais il n'y avait personne à l'intérieur ; et quand ils entrèrent dans la maison, Cendrillon, dans son costume misérable et souillé, était couchée sur la cendre, avec une méchante veilleuse à huile qui clignotait dans la cheminée. Elle avait, en effet, bien vite sauté du pigeonnier par-derrière et couru jusqu'au noisetier, où elle avait quitté sa robe magnifique pour la déposer sur la tombe, et le petit oiseau l'avait remportée tandis qu'elle retrouvait la cuisine et son vieux tablier gris pour se coucher sur la cendre, dans l'âtre.

Le lendemain, comme recommençait la fête, dès que ses parents et les deux sœurs altières eurent quitté la maison, Cendrillon courut au noisetier et dit :

Arbre gentil, agite-toi bien fort
Pour me couvrir d'argent et d'or.

Alors l'oiseau lui fit descendre une robe encore beaucoup plus splendide et magnifique que celle de la veille. Et quand elle apparut à la fête ainsi parée, tout le monde s'étonna et s'émerveilla de sa beauté. Le fils du roi, qui avait attendu sa venue, la prit aussitôt par la main et ne dansa qu'avec elle. Et si quelque autre cavalier venait pour l'inviter, il lui disait : « C'est ma danseuse. » Quand elle voulut rentrer, le soir venu, le prince l'accompagna, car il voulait voir dans quelle maison elle entrait. Mais elle lui échappa et sauta dans le jardin derrière la maison. Il y avait là un grand bel arbre tout chargé de magnifiques poires, et elle grimpa si prestement entre ses branches, vive comme un écureuil, que le prince ne sut pas où elle avait bien pu passer. Mais il attendit que revînt le père et lui dit que la jolie inconnue avait disparu, mais qu'il croyait qu'elle s'était cachée dans le grand poirier. Le père se dit en lui-même : « Serait-ce Cendrillon ? » et se fit apporter une hache, entama l'arbre tout autour et l'abattit ; mais il n'y avait personne dedans. Et quand ils entrèrent dans la cuisine, Cendrillon était là, couchée dans la cendre comme toujours. Elle avait sauté de l'arbre par-derrière, en effet, et rapporté vite, vite, sa robe magnifique au petit oiseau du noisetier pour reprendre son vieux tablier gris.

Le troisième jour, quand ses parents et les sœurs furent partis, Cendrillon retourna sur la tombe de sa mère et dit au noisetier :

Arbre gentil, agite-toi bien fort
Pour me couvrir d'argent et d'or.

Et la robe que l'oiseau lui fit descendre, cette fois, était si merveilleuse et d'une telle magnificence que jamais elle n'avait rien eu qui lui ressemblât ; et les escarpins n'étaient faits que d'or. Parée de la sorte, elle fit son entrée à la fête et tout le monde béa d'admiration, ne sachant plus que dire. Le fils du roi ne dansa qu'avec elle, et si quelqu'un d'autre venait pour l'inviter, il disait : « C'est ma cavalière. »

Le soir venu, Cendrillon voulut s'en aller et le prince voulut l'accompagner, mais elle s'esquiva si lestement qu'il ne put la suivre. Seulement le prince avait recouru à la ruse et fait enduire de poix toutes les marches du perron, et tandis qu'elle dégringolait l'escalier en volant presque, sa pantoufle gauche y resta collée. Le fils du roi prit cet escarpin, qui était minuscule, délicat, et entièrement fait d'or.

Le lendemain matin, le prince alla trouver le père et lui dit : « Je ne veux point d'autre épouse que celle à qui cette chaussure d'or ira. » Ce fut une grande joie pour les deux sœurs, car elles avaient un joli pied. L'aînée alla dans sa chambre avec l'escarpin, qu'elle voulait chausser. Sa mère était présente. Mais le soulier était trop petit et le pouce n'y pouvait entrer. La mère s'empressa de lui tendre un couteau : « Coupe-le, lui dit-elle ; quand tu seras reine, tu n'auras plus besoin de marcher. » La jeune fille se coupa l'orteil et enfila son pied dans la chaussure, quelque vive que fût la douleur, puis sortit retrouver le prince. Il la prit sur son cheval et partit avec elle comme sa fiancée ; mais ils devaient passer non loin de la tombe où deux colombes, perchées sur le noisetier, se mirent à glousser bien fort :

> *Roucou-oucou, roucou-oucou*
> *Dans la pantoufle le sang coule :*
> *L'escarpin était trop petit,*
> *La fiancée est au logis.*

Jetant un coup d'œil au pied chaussé, le prince vit que le sang en ruisselait. Il fit faire demi-tour à son cheval et ramena la fausse fiancée à sa maison, disant que ce n'était pas elle qu'il devait épouser, et que l'autre sœur devait essayer l'escarpin. La seconde sœur alla dans sa chambre avec l'escarpin et réussit très bien à y enfiler ses orteils, mais ce fut le talon qui refusa d'entrer. Oui, le talon était trop gros. Alors la mère lui tendit le couteau et lui dit : « Coupe un bout du talon : quand tu seras reine, tu n'auras plus besoin de marcher. » La jeune fille s'enleva un morceau du talon et força son pied dans la chaussure, quelque vive que fût la douleur, puis sortit retrouver le prince. Il la prit sur son cheval et partit avec elle comme sa fiancée. Mais quand ils furent non loin du noisetier, les deux colombes roucoulèrent de plus belle :

Roucou-oucou, roucou-oucou
Dans la pantoufle le sang coule :
L'escarpin était trop petit,
La fiancée est au logis.

De nouveau, le prince jeta un coup d'œil sur le pied chaussé, vit que le sang coulait, coulait si fort que le bas blanc en était tout rougi. Alors il tourna bride et ramena la fausse fiancée à la maison.

— Ce n'est pas celle-là non plus que je dois épouser, dit-il. N'avez-vous pas d'autre fille ?

— Non, dit le père, il n'y a plus ici que ce pauvre souillon de Cendrillon, la fille de ma première femme, qui est là-bas, dans la cuisine ; mais celle-là ne saurait être la fiancée, c'est impossible !

Le fils du roi déclara néanmoins qu'il fallait l'envoyer chercher, mais la mère s'interposa : « Non, non, elle n'est pas présentable : elle est beaucoup trop sale pour se laisser voir ! » Le prince insista : il y tenait absolument, et il fallut qu'on allât la chercher. Cendrillon voulut d'abord se laver les mains et le visage, puis elle vint s'incliner devant le fils du roi, qui lui tendit l'escarpin d'or. Ensuite elle s'assit sur un escabeau, sortit son pied du pesant sabot de bois et le chaussa de la pantoufle qui le moulait parfaitement. Quand elle se releva, en voyant son visage, le prince la reconnut et s'exclama : « C'est elle, la véritable fiancée ! »

La belle-mère et les deux demi-sœurs en pâlirent de rage, mais le prince prit Cendrillon sur son cheval et partit avec elle. Et quand ils passèrent non loin du noisetier, les deux colombes blanches roucoulèrent doucement, quoique assez haut pour se faire entendre :

Roucou-oucou, roucou-oucou
La pantoufle n'a rien du tout :
Sa fiancée est avec lui,
L'escarpin n'est pas trop petit.

Puis les colombes quittèrent l'arbre et vinrent se poser gracieusement sur les épaules de Cendrillon, une à droite et l'autre à gauche, et elles restèrent là.

Le jour des noces de Cendrillon avec le fils du roi, à l'heure de la cérémonie, arrivèrent les deux sœurs pour l'accabler de flatteries et de doux compliments, car elles voulaient s'insinuer dans ses bonnes grâces et avoir part à son bonheur. Le cortège gagnait l'église derrière les fiancés, et la sœur aînée marchait à droite de Cendrillon, la cadette à sa gauche ; alors la colombe de droite et la colombe de gauche leur piquèrent à chacune un œil. A la sortie de l'église, par contre, l'aînée marchait à gauche de Cendrillon et la cadette à droite ; alors les deux colombes leur piquèrent à chacune l'autre œil. Et c'est ainsi que, par la cécité jusqu'à leur dernier jour, elles ont été punies de leur méchanceté et de leur fausseté.

L'OISEAU D'OURDI

(ou Barbe-Bleue
dans la poésie populaire allemande)

Il était une fois un maître sorcier qui se donnait l'apparence d'un pauvre et s'en allait mendier de maison en maison pour s'emparer des jolies filles. Nul au monde ne savait où il les emportait, et jamais plus elles ne revenaient de là-bas.

Un jour, il se présenta à la porte de quelqu'un qui avait trois filles, jolies toutes les trois ; et il avait l'air d'un misérable mendiant tout loqueteux et presque à bout de forces, avec une vieille besace sur le dos qui semblait faite pour emporter les dons de la charité. Il mendia humblement un petit quelque chose à manger, et quand la fille aînée vint pour lui apporter un morceau de pain, il la toucha seulement du bout du doigt, ce qui l'obligea à sauter elle-même dans la besace. Aussitôt l'homme s'éloigna à grandes et solides enjambées, gagnant rapidement une sombre forêt au milieu de laquelle il avait sa maison. Là, dans cette maison, tout était merveilleux, et la jeune fille avait tout ce qu'elle pouvait désirer ou même souhaiter, car il lui donnait tout. « Mon trésor, lui dit-il, ton cœur ici n'aura plus rien à désirer : tu verras comme tu seras bien chez moi. »

Quelques jours passèrent, puis il lui dit :

— Je dois m'absenter et te laisser seule, mais ce ne sera pas long. Voici toutes les clefs de la maison : tu peux aller partout, à la seule exception d'une chambre, à laquelle correspond cette petite clef-ci. Dans celle-là, je t'interdis d'entrer sous peine de mort.

Il lui confia également un œuf en lui disant :

— Cet œuf, garde-le-moi précieusement et porte-le de préférence toujours sur toi, car s'il venait à se perdre, cela provoquerait un énorme malheur.

Elle prit les clefs ainsi que l'œuf, promettant d'exécuter tout à la lettre. Une fois le maître parti, elle alla ici et là visiter la maison du haut en bas, admirant tout ce qu'il y avait à admirer, les chambres qui étincelaient d'or et d'argent, des merveilles telles qu'il lui semblait n'avoir jamais rien vu d'aussi beau, ni seulement rêvé de pareilles splendeurs. Elle arriva aussi, pour finir, devant la porte interdite et voulut passer outre ; mais la curiosité la retint, la tracassa, ne la laissa pas en repos. Elle considéra la petite clef, qui ressemblait aux autres, l'introduisit dans la serrure et la tourna un tout petit peu, mais la porte s'ouvrit d'un coup. Et que vit-elle, lorsqu'elle entra ? Au milieu de la chambre, un grand bac plein de sang où nageaient des membres humains, et à côté un gros billot avec une hache étincelante. Elle eut un tel sursaut d'effroi que l'œuf, qu'elle tenait à la main, lui échappa et tomba dans le bac sanglant. Elle le reprit bien vite et voulut le nettoyer du sang qui le tachait, mais elle eut beau laver, frotter, essuyer : il n'y avait rien à faire, le sang réapparaissait toujours.

Peu de temps après, l'homme rentra de son voyage et sa première demande fut pour les clefs et pour l'œuf. Elle les lui tendit en tremblant, et il s'aperçut tout de suite, en voyant les taches sur l'œuf, qu'elle était entrée dans la chambre sanglante.

— Puisque tu es entrée contre ma volonté dans la chambre, lui dit-il, tu vas maintenant y retourner contre ta volonté ! Tu as fini de vivre.

Il la jeta à terre, la traîna par les cheveux dans la terrible pièce, lui trancha la tête sur le billot puis lui coupa les membres en inondant le plancher de son sang, et les jeta avec les autres dans le grand bac.

— Maintenant je vais aller chercher la seconde ! dit à haute voix le maître sorcier, qui reprit aussitôt son apparence de pauvre mendiant et revint, comme tel, devant la porte de la maison où il avait pris la première demoiselle.

La seconde lui apporta un morceau de pain, il la toucha du doigt et l'emporta comme l'autre. Elle ne connut pas un meilleur sort que sa sœur, car elle aussi se laissa pousser par la curiosité, ouvrit la porte et vit la chambre sanglante avant de le payer de sa vie.

Alors le sorcier s'en alla chercher la troisième sœur, qui était plus intelligente et plus rusée. Après qu'il lui eut remis les clefs et l'œuf et se fut en allé, elle prit soin tout d'abord de mettre l'œuf en sûreté, puis elle visita toute la maison pour entrer finalement, elle aussi, dans la chambre interdite. Hélas ! que n'y vit-elle pas ? Ses deux sœurs bien-aimées gisaient là, horriblement assassinées et coupées en morceaux, dans le bac sanglant avec d'autres corps ! Courageusement elle s'avança et chercha leurs membres épars, les rassembla et les remit comme il convenait : la tête, le tronc, les bras et les jambes ; et dès que les corps furent complets, quand ils eurent tous leurs membres sans que rien ne manquât, la vie revint et les parties se ressoudèrent, si bien que les deux sœurs ouvrirent leurs yeux et se retrouvèrent bien vivantes. Quelle joie ! quelles embrassades ! quel bonheur pour toutes trois !

A son retour de voyage, l'homme réclama les clefs et l'œuf, sur lequel il ne décela pas la moindre tache de sang. Alors il dit :

— Tu as subi l'épreuve : tu seras donc mon épouse.

Il n'avait plus aucun pouvoir sur elle et devait, au contraire, faire absolument tout ce qu'elle désirait.

— Très bien, dit-elle, mais tu devras d'abord porter une pleine besace d'or à mon père et à ma mère ; et cette besace, c'est sur ton dos que tu devras la porter, afin que ce présent ait un sens et une réelle valeur. Pendant ce temps, moi, je ferai les préparatifs de la noce.

Elle courut alors retrouver ses sœurs, qu'elle avait cachées dans un cabinet, et leur dit :

— L'heure et l'instant sont venus, et je peux vous sauver ! Le maudit va lui-même vous ramener, à son insu, à la maison en vous portant sur son dos. Mais dès que vous serez à la maison, envoyez-moi vite du secours !

Elle les mit toutes deux au fond d'une besace, puis elle les couvrit d'or, de façon qu'on ne puisse pas les voir, puis elle appela le maître sorcier et lui dit :

— Voilà la besace que tu vas porter, mais ne t'arrête pas en chemin et ne cherche pas à te reposer : je te verrai de ma petite fenêtre d'en haut et je te surveillerai !

Le sorcier chargea la lourde besace sur son dos et se mit en route aussitôt, mais elle pesait si lourd que la sueur lui en coulait du front et lui inondait le visage. Il s'arrêta et s'assit pour se reposer un moment, mais une voix lui cria de l'intérieur de la besace : « Je te vois de ma petite fenêtre ! Tu te reposes ! Allons, marche ! » Il se releva et se remit en route, croyant que c'était sa fiancée qui lui avait crié cela depuis la lucarne, là-bas. Une nouvelle fois, il essaya de se reposer, mais cette fois encore la voix cria : « Je te vois de ma petite fenêtre ! Tu te reposes ! Veux-tu bien te remettre en marche ! » Puis chaque fois qu'il faisait mine de s'arrêter, succombant sous la charge, la voix le rappelait à l'ordre et il lui fallait marcher, de telle sorte qu'il finit par arriver à bout de souffle et en gémissant à la maison des parents, où il déposa son or et, avec l'or, les deux sœurs saines et sauves.

Dans la maison du sorcier, pendant ce temps, la fiancée préparait la noce et invitait tous les amis de la maison à y prendre part. Puis elle prit une tête de mort qui grimaçait de toutes ses dents, la para de bijoux et lui mit une couronne de fleurs avant d'aller la poser devant la fenêtre du grenier comme si elle regardait dehors. Quand tout fut prêt, elle se plongea elle-même dans un tonneau de miel, puis alla se rouler dans l'édredon qu'elle avait éventré, de sorte qu'elle eut l'air d'un oiseau étrange, mais plus du tout d'un être humain ; et alors elle quitta la maison pour rentrer chez elle. En chemin, elle rencontra un premier groupe d'invités de la noce, qui lui demanda :

Ô toi, l'oiseau d'Ourdi, d'où viens-tu par ici ?
— Tout droit de la maison de l'Ourdisseur Ourdi.
— Que fait là-bas la jeune fiancée ?
— De haut en bas, la maison préparée,
A la lucarne elle est allée
Pour voir venir les invités.

Plus loin, elle rencontra le fiancé lui-même qui s'en revenait d'un pas lourd et lent, tellement il était fatigué. Comme les autres, il l'interrogea :

Ô toi, l'oiseau d'Ourdi, d'où viens-tu par ici ?
— Tout droit de la maison de l'Ourdisseur Ourdi.
— Que fait là-bas ma jeune fiancée ?
— De haut en bas, la maison préparée,
A la lucarne elle est allée
Pour voir venir son fiancé.

Regardant tout là-bas, au grenier, le fiancé y vit dans la lucarne la tête de mort couronnée de fleurs et ornée de bijoux ; mais comme c'était si loin encore, il crut que c'était, en effet, sa fiancée qui le regardait venir, et il la salua en lui faisant signe joyeusement. Mais dès qu'il se trouva avec les invités à l'intérieur de la maison, les frères et les parents des trois sœurs arrivèrent justement, accourant au secours de la fiancée. La sachant maintenant sauvée, ils fermèrent toutes les portes et les issues de la maison de façon que personne ne pût en sortir, puis ils y mirent le feu. Et le maître sorcier avec toute sa bande y périt dans les flammes.

LE PETIT CHAPERON ROUGE

(version bavaroise)

Il était une fois une adorable petite fillette que tout le monde aimait rien qu'à la voir, et plus que tous, sa grand-mère, qui ne savait que faire ni que donner comme cadeaux à l'enfant. Une fois, elle lui donna un petit chaperon de velours rouge et la fillette le trouva si joli, il lui allait tellement bien, qu'elle ne voulut plus porter autre chose et qu'on ne l'appela plus que le Petit Chaperon Rouge.

Un jour, sa mère lui dit :

— Tiens, Petit Chaperon Rouge, voici un morceau de galette et une bouteille de vin : tu iras les porter à ta grand-mère ; elle est malade et affaiblie, et elle va bien se régaler. Vas-y tout de suite, avant qu'il ne fasse trop chaud ; et sois bien sage en chemin et ne saute pas à droite ou à gauche pour aller tomber et me casser la bouteille de grand-mère, qui n'aurait plus rien. Et puis, dis bien bonjour en entrant et ne regarde pas d'abord dans tous les coins !

— Je serai sage et je ferai tout pour le mieux, promit le Petit Chaperon Rouge à sa mère, avant de lui dire au revoir et de partir.

Mais la grand-mère habitait à une bonne demi-heure du village, tout là-bas, dans la forêt ; et lorsque le Petit Chaperon Rouge entra dans la forêt, ce fut pour rencontrer le loup. Mais elle ne savait pas que c'était une si méchante bête et elle n'avait pas peur.

— Bonjour, Petit Chaperon Rouge, dit le loup.

— Merci à toi et bonjour aussi, loup.

— Où vas-tu de si bonne heure, Petit Chaperon Rouge ?

— Chez grand-mère.

— Que portes-tu sous ton tablier, dis-moi ?

— De la galette et du vin, dit le Petit Chaperon Rouge ; nous l'avons cuite hier et je vais en porter à grand-mère, parce qu'elle est malade et que cela lui fera du bien.

— Où habite-t-elle, ta grand-mère, Petit Chaperon Rouge ? demanda le loup.

— Plus loin dans la forêt, à un quart d'heure d'ici ; c'est sous les trois grands chênes, et juste en dessous, il y a des noisetiers, tu reconnaîtras forcément, dit le Chaperon Rouge.

Fort de ce renseignement, le loup pensa : « Un fameux régal, cette mignonne et tendre jeunesse ! Grasse chère, que j'en ferai : meilleure encore que la grand-mère, que je vais engloutir aussi. Mais attention, il faut être malin si tu veux les déguster l'une et l'autre. » Telles étaient les pensées du loup tandis qu'il faisait un bout de conduite au Petit Chaperon Rouge. Puis il dit, tout en marchant :

— Toutes ces jolies fleurs dans le sous-bois, comment se fait-il que tu ne les regardes même pas, Petit Chaperon Rouge ? Et les oiseaux, on dirait que tu ne les entends pas chanter ! Tu marches droit devant toi comme si tu allais à l'école, mais c'est pourtant rudement joli, la forêt !

Le Petit Chaperon Rouge donna un coup d'œil alentour et vit danser les rayons du soleil entre les arbres, et puis partout, partout des fleurs qui brillaient. « Si j'en faisais un bouquet pour grand-mère, se dit-elle, cela lui ferait plaisir aussi ; il est tôt et j'ai bien le temps d'en cueillir. » Sans attendre, elle quitta le chemin pour entrer dans le sous-bois et cueillir des fleurs : une ici, l'autre là, mais la plus belle était toujours un peu plus loin, et encore plus loin dans l'intérieur de la forêt. Le loup, pendant ce temps, courait tout droit à la maison de la grand-mère et frappait à sa porte.

— Qui est là ? cria la grand-mère.

— C'est moi, le Petit Chaperon Rouge, dit le loup ; je t'apporte de la galette et du vin, ouvre-moi !

— Tu n'as qu'à tirer le loquet, cria la grand-mère. Je suis trop faible pour aller t'ouvrir.

Le loup tira le loquet, poussa la porte et entra pour s'avancer tout droit, sans dire un mot, jusqu'au lit de la grand-mère, qu'il avala. Il mit ensuite sa chemise, s'enfouit la tête sous son bonnet de dentelle et se coucha dans son lit, puis tira les rideaux de l'alcôve.

Le Petit Chaperon Rouge avait couru de fleur en fleur, mais à présent son bouquet était si gros que c'était tout juste si elle pouvait le porter. Alors elle pensa à sa grand-mère et se remit bien vite en chemin pour arriver chez elle. La porte était ouverte et cela l'étonna ; mais quand elle fut dans la chambre, tout lui parut de plus en plus bizarre et elle se dit : « Mon Dieu, comme tout est étrange aujourd'hui ! D'habitude, je suis si heureuse quand je suis chez grand-mère ! » Elle salua pourtant :

— Bonjour, grand-mère !

Mais comme personne ne répondait, elle s'avança jusqu'à son lit et écarta les rideaux. La grand-mère était là, couchée, avec son bonnet qui lui cachait presque toute la figure, et elle avait l'air si étrange.

— Comme tu as de grandes oreilles, grand-mère !

— C'est pour mieux t'entendre, répondit-elle.

— Comme tu as de gros yeux, grand-mère !

— C'est pour mieux te voir, répondit-elle.

— Comme tu as de grandes mains !

— C'est pour mieux te prendre, répondit-elle.

— Oh ! grand-mère, quelle grande bouche et quelles terribles dents tu as !

— C'est pour mieux te manger, dit le loup, qui fit un bond hors du lit et avala le pauvre Petit Chaperon Rouge d'un seul coup.

Sa voracité satisfaite, le loup retourna se coucher dans le lit et s'endormit bientôt, ronflant plus fort que fort. Le chasseur, qui passait devant la maison, l'entendit et pensa : « Qu'a donc la vieille femme à ronfler si fort ? Il faut que tu entres et que tu voies si elle a quelque chose qui ne va pas. » Il entra donc et, s'approchant du lit, vit le loup qui dormait là.

— C'est ici que je te trouve, vieille canaille ! dit le chasseur. Il y a un moment que je te cherche !...

Et il allait épauler son fusil, quand, tout à coup, l'idée lui vint que le loup avait peut-être mangé la grand-mère et qu'il pouvait être encore temps de la sauver. Il reposa son fusil, prit des ciseaux et se mit à tailler le ventre du loup endormi. Au deuxième ou au troisième coup de ciseaux, il vit le rouge chaperon qui luisait ; deux ou trois coups de ciseaux encore, et la fillette sautait dehors en s'écriant : « Oh, la, la, quelle peur j'ai eue ! Comme il faisait noir dans le ventre du loup ! » Et bientôt après, sortait aussi la vieille grand-mère, mais c'était à peine si elle pouvait encore respirer. Le Petit Chaperon Rouge courut chercher de grosses pierres qu'ils fourrèrent dans le ventre du loup ; et quand il se réveilla et voulut bondir, les pierres pesaient si lourd qu'il s'affala et resta mort sur le coup.

Tous les trois étaient bien contents : le chasseur prit la peau du loup et rentra chez lui ; la grand-mère mangea la galette et but le vin que le Petit Chaperon Rouge lui avait apportés, se retrouvant bientôt à son aise. Mais pour ce qui est du Petit Chaperon Rouge, elle se jura : « Jamais plus de ta vie tu ne quitteras le chemin pour courir dans les bois, quand ta mère te l'a défendu. »

On raconte encore qu'une autre fois, quand le Petit Chaperon Rouge apportait de nouveau de la galette à sa vieille grand-mère, un autre loup essaya de la distraire et de la faire sortir du chemin. Mais elle s'en garda bien et continua à marcher tout droit. Arrivée chez sa grand-mère, elle lui raconta bien vite que le loup était venu à sa rencontre et qu'il lui avait souhaité le bonjour, mais qu'il l'avait regardée avec des yeux si méchants : « Si je n'avais pas été sur la grand-route, il m'aurait dévorée ! » ajouta-t-elle.

— Viens, lui dit sa grand-mère, nous allons fermer la

porte et la bien cadenasser pour qu'il ne puisse pas entrer ici.

Peu après, le loup frappait à la porte et criait : « Ouvre-moi, grand-mère ! C'est moi, le Petit Chaperon Rouge, qui t'apporte des gâteaux ! » Mais les deux gardèrent le silence et n'ouvrirent point la porte. Tête-Grise fit alors plusieurs fois le tour de la maison à pas feutrés, et, pour finir, il sauta sur le toit, décidé à attendre jusqu'au soir, quand le Petit Chaperon Rouge sortirait, pour profiter de l'obscurité et l'engloutir. Mais la grand-mère se douta bien de ses intentions.

— Prends le seau, mon enfant, dit-elle au Petit Chaperon Rouge ; j'ai fait cuire des saucisses hier, et tu vas porter l'eau de cuisson dans la grande auge de pierre qui est devant l'entrée de la maison.

Le Petit Chaperon Rouge en porta tant et tant de seaux que, pour finir, l'auge était pleine. Alors la bonne odeur de la saucisse vint caresser les narines du loup jusque sur le toit. Il se pencha pour voir et renifler, se pencha et renifla, renifla et se pencha si bien en tendant le cou, qu'à la fin il glissa et ne put plus se retenir. Il glissa du toit et tomba droit dans l'auge de pierre où il se noya.

Allégrement, le Petit Chaperon Rouge regagna sa maison, et personne ne lui fit le moindre mal.

LE VIEUX SULTAN

Un paysan avait un chien fidèle qui s'appelait Sultan, mais il était vieux et avait perdu toutes ses dents, si bien qu'il ne pouvait plus rien mordre. Et un jour, devant sa porte, le paysan dit à sa femme : « Demain matin, je prends le fusil et je vais tuer le vieux Sultan qui n'est plus bon à rien. » La femme s'émut de compassion pour la bonne vieille bête fidèle et dit :

— Lui qui nous a si bien et si fidèlement servis pendant de si longues années, nous pourrions bien lui accorder le pain de la grâce !

— Eh quoi ? dit l'homme, tu n'y penses pas ! Il n'a plus une dent dans la gueule et aucun voleur n'a peur de lui ; c'est bien son heure de partir à présent. Il nous a servis, mais aussi cela lui a valu la bonne pâtée dont il s'est nourri !

Le pauvre vieux chien, couché au soleil non loin de là, entendit tout et fut bien triste d'apprendre qu'il devait mourir le lendemain matin. Il avait un bon ami en la personne du loup, et, le soir, il se faufila jusqu'à la forêt pour aller lui confier sa peine et le triste destin qui l'attendait.

— Ecoute, camarade, reprends courage ! Je vais t'aider dans ta détresse et j'ai une bonne idée : le matin, de très bonne heure, ton maître s'en va faire les foins avec sa femme, et ils emmènent leur enfant avec eux, puisqu'il n'y a personne à la maison pour le garder ; ils le couchent à l'ombre d'une haie pendant qu'ils travaillent. Tu n'auras qu'à te coucher du côté du petit comme si tu voulais le garder, et moi je sortirai de la forêt pour venir enlever l'enfant ; alors tu te précipiteras derrière moi et tu me poursuivras comme pour me le reprendre ; je le laisserai tomber et tu le rapporteras à tes maîtres, qui croiront que tu l'as sauvé et qui te seront bien trop reconnaissants pour vouloir te faire ensuite le moindre mal : tout au contraire, tu rentreras en complète grâce et ils ne te laisseront plus jamais manquer de rien.

Cette idée plut beaucoup au chien et tout se passa comme prévu. Le père poussa des cris pendant que le loup fuyait à travers champs avec l'enfant dans sa gueule ; mais quand le vieux Sultan le rapporta, il ne se tenait plus de joie et il caressa le bon chien en lui disant : « Aussi longtemps que tu vivras, tu seras bien nourri et bien traité ; jamais on ne touchera même à un poil de ta fourrure ! » Et, se tournant vers sa femme, il lui dit : « Va vite à la maison et prépare-lui une bonne soupe au lait bien trempée, qu'il n'ait pas de mal à se donner pour la mâcher, et donne-lui mon oreiller : je lui en fais cadeau pour qu'il soit bien couché. » A partir de ce moment, le vieux Sultan eut la vie si belle qu'il n'avait plus rien à désirer.

Le loup vint un peu plus tard lui faire visite et se félicita de la bonne tournure des choses.

— Mais je compte bien, mon vieux, que tu fermeras l'œil si d'aventure je viens prendre au troupeau de ton maître un joli mouton bien dodu, ajouta-t-il. La vie devient de plus en plus dure de nos jours !

— Cela non, n'y compte pas ! répondit le chien. Je reste fidèle à mon maître et je ne peux pas consentir à cela !

Le loup pensa qu'il ne parlait pas sérieusement et, la nuit même, se glissa dans la bergerie pour emporter son mouton. Mais le fidèle Sultan avait averti son maître des mauvaises intentions du loup, et le maître était là qui l'attendait, armé d'un fléau avec lequel il lui caressa douloureusement l'échine. Le loup ne put que s'enfuir, mais il cria au chien : « Attends seulement un peu : tu vas me payer cela, faux frère ! »

Le lendemain matin, déjà, le sanglier, envoyé par le loup, vint provoquer le chien en duel dans la forêt pour régler cette affaire d'honneur. Le vieux Sultan ne put trouver d'autre témoin que le vieux chat, un très vieux chat qui n'avait que trois pattes. Quand ils s'en allèrent tous les deux vers la forêt pour le duel, le pauvre vieux chat marchait péniblement sur ses trois pattes, et la douleur lui faisait tenir sa queue toute droite. Le loup et son témoin le sanglier se trouvaient déjà sur le terrain, et quand ils virent de loin approcher leur adversaire, ils crurent qu'il s'était armé d'une épée en prenant la queue droite du chat pour une arme. Et quand ils virent d'un peu plus près le chat boiteux qui s'avançait en plongeant de la tête à chaque pas, ils crurent que celui-là ramassait des pierres pour les jeter sur eux. Pris de peur tous les deux, ils se défilèrent : le sanglier fonça dans un épais fourré pour s'y cacher, et le loup monta dans un arbre pour se tenir à l'abri.

En arrivant sur le terrain du duel, le chien et le chat furent très étonnés de n'y trouver personne. Ils cherchèrent des yeux alentour. Or, le sanglier était si gros qu'il n'avait pas réussi à se dissimuler entièrement dans le fourré, et ses oreilles dépassaient. Le chat, si vieux qu'il fût, en les voyant bouger, crut que c'était une souris qui bougeait là et lui sauta dessus, mordant à belles dents dans cette proie inespérée. Avec un hurlement de douleur, le sanglier s'enfuit en quittant sa cachette au triple galop, mais non sans leur crier : « Dans l'arbre, le fautif est là-haut, dans l'arbre ! »

Levant les yeux, le vieux chien et le vieux chat aperçurent le loup, en effet, qui se sentit si honteux de sa couardise, si humilié de s'être montré si lâche, qu'il accepta la paix que le chien lui offrait.

MARGOT-LA-MALICE

Il y avait une cuisinière appelée Margot qui portait des chaussures à talons rouges, et quand elle les mettait pour sortir, elle se dandinait et se tournait de droite et de gauche en se disant, toute joyeuse, qu'elle était vraiment jolie fille. Quand elle rentrait à la maison, par bonne humeur, elle buvait un bon petit coup ; et comme le vin met en appétit, elle choisissait le meilleur de ce qu'elle avait cuisiné pour le goûter ; mais elle goûtait toujours, jusqu'à ce qu'elle n'eût plus faim du tout. « C'est un devoir pour la cuisinière, disait-elle, de savoir quel goût a ce qu'elle fait. » Et comme cela, elle avait toujours le meilleur de tout.

Un jour, son maître lui annonça :

— Margot, ce soir j'ai un invité ; tu nous feras rôtir deux chapons bien tendres et savoureux.

— Je m'y mets tout de suite, monsieur ! répondit Margot, qui s'en alla choisir deux jolis chapons qu'elle tua, ébouillanta, pluma, vida, prépara et enfila sur la broche, attendant le soir pour les mettre au feu.

Les chapons commencèrent à bien dorer et bientôt furent à point, mais l'invité n'était toujours pas là. Alors Margot cria à son maître :

— Si l'invité n'arrive pas, il va falloir que je retire les chapons du feu ; mais c'est un crime et une désolation de ne pas les manger quand ils sont cuits à point, juteux et parfaits !

— Bon, dit le maître, je fais un saut dehors pour ramener l'invité.

Dès que le maître eut le dos tourné, Margot retira la broche de devant le feu et mit les chapons de côté, puis elle se dit : « A rester comme cela devant le feu de braise, on se donne soif à force de transpirer. Et qui sait maintenant quand ils vont venir ? En attendant, je vais faire un saut à la cave et boire un petit coup. »

Elle y courut, attrapa une cruche pour la remplir, se souhaita bonne santé et que Dieu la bénisse, sur quoi elle but un long trait. Mais comme la cruche n'était pas vide, elle se dit à haute voix : « Le vin se tient bien : et il n'est pas bon de le couper ! » Alors elle but tout le reste à longs traits. « Ça, c'était vraiment un bon coup, bien sérieux ! » Elle remonta ensuite, remit les chapons à rôtir, après les avoir bien beurrés et arrosés, et tout gaiement, elle fit tourner la broche. La peau, joliment croustillante et dorée, chantait que les chapons étaient cuits à point.

— Mais on ne sait jamais, dit Margot, il pourrait y manquer un petit quelque chose et ce serait trop dommage !

Alors elle goûta en y mettant le doigt, qu'elle lécha.

— Mon Dieu que ces chapons sont bons ! s'exclamat-elle. C'est un vrai péché de ne point les manger immédiatement ! Ils sont parfaits. Parfaits !

Elle courut à la fenêtre pour voir si le maître n'arrivait pas. Mais non ! Il n'y avait personne en vue. Elle revint aux chapons et tourna la broche.

— Là ! en voilà un qui a l'aile qui commence à brûler ! Le mieux, c'est encore que je la mange tout de suite !

Elle la coupe et la mange, la trouve si savoureuse qu'elle se dit : « L'autre, il faut que je la coupe aussi, autrement le maître va trouver cela bizarre. » Et quand elle eut englouti les deux ailes, elle courut encore à la fenêtre ; mais personne ne venait.

— Si cela se trouve, pensa-t-elle, ils sont peut-être entrés quelque part et ne viendront pas dîner ici ! Mais ne t'en fais pas, Margot : il y en a un qui est de toute façon entamé ; alors tu vas boire un bon petit coup et là-dessus, finir de le manger ! Tu seras plus tranquille quand il sera tout mangé, et puis c'est péché que de laisser se perdre et dessécher un aussi succulent chapon qui est un véritable don de Dieu !

Elle fit un second saut jusqu'à la cave, où elle se rafraîchit fort noblement le gosier, puis s'en revint, gaillarde et joyeuse, manger le chapon en entier.

— Où est le premier, l'autre doit suivre, se dit-elle alors : ils vont ensemble, il n'y a pas de doute, et ce qui est bon pour l'un va pour l'autre également. Je crois qu'un autre petit coup ne me ferait pas de mal, ma petite Margot.

Aussitôt elle descendit s'humecter le palais bien vigoureusement, puis elle fit prendre au second chapon le chemin qu'avait suivi le premier. Elle venait juste de finir son petit festin personnel quand son maître rentra.

— Pressons-nous, Margot ! lui cria-t-il, notre invité arrive à l'instant !

— Bien monsieur, je vais servir ! dit Margot.

Le maître, pendant ce temps, vérifia s'il y avait tout ce qu'il fallait sur la table et s'empara du grand couteau à découper qu'il alla aiguiser dans le couloir. L'invité arriva, frappant civilement à la porte extérieure, et Margot y courut. Voyant que c'était l'invité, elle mit un doigt sur sa bouche et lui chuchota : « Ne faites pas de bruit et filez vite avant que mon maître ne vous voie, sinon cela va mal aller pour vous ! Il vous a invité à dîner, c'est vrai, mais c'est uniquement dans l'idée de vous couper les deux oreilles. Ecoutez-le : il est en train d'aiguiser son couteau ! »

Dès qu'il eut entendu le bruit du couteau qu'on aiguisait dans le couloir, l'invité fit demi-tour et prit ses jambes à son cou pour dévaler l'escalier et filer dans la rue. Margot ne perdit pas le nord et se précipita vers son maître en criant :

— Eh bien, ils sont jolis, les gens que vous invitez !

— Pourquoi dis-tu cela, Margot ? Qu'est-ce qu'il y a ?

— Oui, oui, du joli monde ! reprit Margot. Celui-là m'a arraché les deux chapons que je venais servir, et le voilà parti avec !

— En voilà des façons ! grogna le maître tout dépité

à la pensée de ses deux succulents chapons rôtis. Si seulement il m'en avait laissé un, que j'aie quelque chose à manger !

Vite, il cria à l'autre de s'arrêter, et l'autre n'en fit rien, mais courut de plus belle. Alors le maître se lança à sa poursuite, tenant toujours le couteau dans sa main, et tout en courant il lui criait : « Pas les deux ! Pas les deux ! » voulant dire par là qu'il ne réclamait qu'un seul des deux chapons. Mais après ce que lui avait dit la Margot, le fuyard comprit que son hôte n'en voulait qu'à une de ses oreilles et ne lui couperait pas les deux. Sur quoi il se mit à courir comme s'il avait le feu aux trousses, car il tenait, lui, à les ramener toutes les deux chez lui, ses oreilles.

LE VOYAGE DU PETIT-POUCET

Un tailleur avait un fils qui était né minuscule et n'avait jamais dépassé la taille du pouce d'un homme ; c'était pourquoi on l'avait appelé le Petit-Poucet. Mais si petit qu'il fût, il avait du cœur au ventre et plus de courage que bien des grands.

— Père, dit-il un jour, je veux et je dois m'en aller pour voir du pays et connaître le monde.

— Tu as raison, fiston ! répondit le père qui prit une longue aiguille à tricoter, y souda une garde de cire à cacheter qu'il fondit sur la chandelle, et la lui tendit. Tiens ! voilà au moins une épée pour te défendre sur ta route ! lui dit-il.

Le minuscule tailleur, qui voulait partager le dernier repas avec ses parents, sauta jusqu'à la cuisine pour voir un peu ce que Madame sa mère avait cuisiné comme festin d'adieu.

— Madame ma mère, que nous donnes-tu aujourd'hui à manger ? demanda-t-il.

— Regarde toi-même ! dit la mère.

Alors le Petit-Poucet sauta dans la cheminée et regarda dans le chaudron ; mais comme il avait trop tendu le cou en se penchant sur la marmite, la vapeur qui montait du bouillon l'enleva et l'emporta par la cheminée. Un moment, il chevaucha les airs sur cette vapeur puis il redescendit par terre ; et le petit tailleur, qui se trouvait du coup au milieu du monde extérieur, commença son voyage et s'en alla d'abord s'engager chez un maître tailleur ; mais dans cette maison, la nourriture ne lui plaisait pas.

— Madame la maîtresse, si vous ne nous donnez pas

une meilleure nourriture, dit le Petit-Poucet, je m'en irai d'ici et demain de bonne heure, j'écrirai à la craie sur votre porte : « Trop de pommes de terre et pas assez de viande ; adieu, roi des patates ! »

— Qu'est-ce que tu veux encore, petite sauterelle ? cria la maîtresse de maison en colère, empoignant un torchon pour en frapper notre Poucet.

Mais le petit tailleur sauta se mettre à l'abri sous le dé, glissa un œil au-dehors et tira la langue à la maîtresse.

— Je vais t'apprendre ! cria-t-elle en prenant le dé entre ses doigts pour s'emparer de l'insolent.

Mais le dé était vide, car déjà le Petit-Poucet avait sauté se cacher dans le torchon ; et quand elle secoua le torchon pour le trouver, il s'était glissé dans une fente de la table.

— Hé, hé ! Madame la maîtresse ! l'appela-t-il en sortant sa petite tête.

Elle voulut le frapper d'un coup de torchon, mais il était déjà dans le tiroir, où elle finit quand même par le trouver, le prendre et le jeter dehors.

Le petit tailleur s'en alla sans souci, marchant droit devant lui, et arriva ainsi dans une grande forêt, où il fit la rencontre de bandits qui s'apprêtaient à dévaliser le trésor du roi. En voyant le petit bout d'homme, ils se dirent : « Voilà un marmouset qui pourrait bien passer par un trou de serrure et qui nous servirait fort bien de passe-partout ! »

— Holà ! toi, le géant Goliath, cria l'un d'eux, cela te dirait-il de venir avec nous à la salle du trésor ? Tu te glisserais à l'intérieur et tu nous passerais l'argent.

Le Petit-Poucet réfléchit un moment, finit par accepter et s'en fut avec eux à la salle du trésor, dont il examina la porte du haut en bas pour voir si elle n'avait pas une bonne petite fente quelque part. Il ne lui fallut pas longtemps pour découvrir ce qu'il cherchait : une fente assez large pour qu'il pût s'y glisser. Il allait s'y engager, quand l'une des deux sentinelles en faction devant la porte l'aperçut et dit à son compagnon de garde :

— Dis donc, qu'est-ce que c'est que cette vilaine araignée qui court par là ? Je vais l'écraser sous ma botte !

— Laisse donc aller cette pauvre bête qui ne t'a rien fait ! répondit l'autre soldat.

Pendant ce temps, le Petit-Poucet avait heureusement passé à travers la fente et se trouvait à l'intérieur de la chambre du trésor. Il alla ouvrir la fenêtre, sous laquelle attendaient les voleurs, et il commença à leur jeter les écus d'or un à un. Il était en plein travail quand il entendit le roi qui venait admirer ses richesses, et vite, vite, il se cacha. Le roi remarqua bien que nombre de beaux écus d'or manquaient, mais il n'arrivait pas à comprendre qui avait bien pu les voler, puisque rien n'était fracturé et que toutes les serrures et tous les verrous étaient intacts et parfaitement fermés. Au bout d'un moment, le roi s'en alla et dit aux sentinelles devant la porte : « Ayez l'œil, vous autres, il y a quelqu'un qui en veut à mon or. »

La porte refermée, Petit-Poucet s'était remis au travail, mais les sentinelles, de l'extérieur, entendirent les écus qui dansaient à l'intérieur et qui sonnaient cling ! cling ! cling ! Ils se précipitèrent à l'intérieur pour s'emparer du voleur. Ouiche donc ! Le Petit-Poucet les avait entendus dans leur lourde hâte, et il s'était montré beaucoup plus rapide, sautant dans un coin pour se cacher derrière un bel écu brillant. Il s'était glissé dessous et personne ne pouvait le voir ; alors il s'offrit le luxe d'appeler les gardes pour se moquer d'eux : « Hé ! hé ! Je suis ici ! » Les sentinelles accoururent, mais le temps qu'elles arrivent, il était déjà sous un autre écu, dans un autre coin, et leur criait : « Ho ! ho ! Je suis là ! » Les soldats y bondirent, mais le Petit-Poucet ne les avait pas attendus et criait d'un troisième endroit : « Ohé ! Je suis ici ! » Puis ailleurs, et encore ailleurs, et ainsi de suite jusqu'à ce que les soldats, exaspérés et las d'être moqués, s'en allèrent et reprirent leur garde devant la porte du trésor. Aussitôt les pièces d'or reprirent le chemin de la fenêtre et tous les écus y passèrent prestement, jusqu'à ce que le trésor fût parfaitement vide. La dernière pièce, Petit-

Poucet l'expédia de toutes ses forces, sauta dessus et s'en alla avec elle par la fenêtre pour venir tomber au milieu des autres. Les bandits ne tarissaient pas d'éloges et multipliaient leurs félicitations : « Tu es un grand héros, finirent-ils par lui dire, veux-tu être notre chef ? » Le Petit-Poucet les remercia mais s'excusa, car, leur dit-il, il voulait d'abord voir le monde. Quand ils firent le partage du butin, notre minuscule tailleur ne put rien prendre qu'un petit sou, n'ayant pas la force de porter autre chose avec lui.

Il boucla alors le ceinturon de son épée, souhaita le bonjour à la bande et prit la route entre ses jambes. Ici ou là, il entra travailler chez certains maîtres tailleurs, mais ce genre de travail ne lui plaisait guère et, pour finir, il loua ses services comme valet dans une auberge. Mais là, ce furent les servantes qui le prirent en grippe parce qu'elles n'arrivaient jamais à l'apercevoir, alors qu'il voyait tout ce qu'elles faisaient en cachette, se trouvant toujours là pour les surprendre et aller raconter aux patrons combien d'assiettées elles avaient mangées à table ou ce qu'elles avaient chipé dans le garde-manger pour leur compte personnel. « Tu n'y perdras rien pour attendre, pensèrent-elles, et nous te le ferons payer ! » Elles complotèrent, en cherchant quelque vilain tour à lui jouer.

Un jour que l'une d'elles était en train de faucher dans le jardin, voyant le Petit-Poucet batifoler et gambader parmi les hautes herbes de la pelouse, elle s'empressa de faucher l'endroit et de le ramasser avec l'herbe, qu'elle alla bien vite porter aux vaches, en cachette. Parmi les vaches, il y en avait une grosse et noire, qui l'avala avec son herbe, mais sans lui faire de mal. Dans le ventre de la bête, il ne se plaisait pas, mais pas du tout, parce que c'était tout sombre et qu'il n'y avait pas la moindre lumière dans ces noires ténèbres. Quand on vint traire la vache, il se mit à crier :

Traich, trich, train
Le seau n'est-il pas bientôt plein ?

Mais nul ne l'entendit à cause du bruit que faisait le lait en fusant dans le seau, et cela ne servit de rien. Un peu plus tard arriva l'aubergiste dans son étable : « Demain, dit-il devant la grosse vache noire, on va tuer et bouchoyer cette bête. » Petit-Poucet, dans le ventre de la vache, fut pris d'une telle peur qu'il se mit à crier de toute sa petite voix claire :

— Laissez-moi d'abord sortir ! Je suis dedans !

— Mais où es-tu ? demanda le maître, qui avait fort bien entendu cette voix, mais ne savait pas d'où elle pouvait venir.

— Dans la noire ! Dans la noire ! cria le Poucet.

Mais le maître ne le comprit pas et s'en alla tout bonnement.

Le lendemain matin la vache fut abattue, saignée et découpée. Par bonheur le Petit-Poucet passa entre les coups de hache et les coups de couteau sans y laisser sa vie, mais il resta prisonnier de la chair à saucisses ; et lorsque le boucher s'approcha et se mit à hacher, le marmouset hurla de toute la force de ses petits poumons : « Pas trop menu ! pas trop menu ! Je suis au milieu de la viande ! » Mais à quoi bon ? Avec le bruit que faisait le hachoir, personne ne pouvait rien entendre. Petit-Poucet se trouvait à présent jeté dans son plus grand péril, mais le péril donne du nerf et fait marcher les jambes : à force de sauter et de bondir de-ci de-là pour éviter le pire, il réussit à passer entre les couteaux du hachoir sans dommage pour ses membres, et il sauva sa peau. Sa peau et rien de plus, car sortir de là, il ne le pouvait pas, quoi qu'il fît : la vie qu'il venait de sauver n'avait au bout du compte pas d'avenir ailleurs qu'à l'intérieur d'une saucisse. Ce domicile était plutôt exigu, à vrai dire, et il lui fallut, de plus, se trouver suspendu dans la cheminée pour y être fumé, ce qui fit que le temps de cet interminable séjour lui parut plutôt long ! Mais enfin, en plein hiver, arriva le jour qu'il fut dépendu, car la saucisse était destinée à l'assiette d'un client. Aussi, quand l'aubergiste, dans sa cuisine, se mit à couper la saucisse en tranches, le Petit-Poucet fit-il bien attention de ne pas avancer sa tête au-dehors pour ne pas risquer de se faire couper le cou. Libéré, enfin, il respira le bon air du dehors et bondit pour se sauver.

Car dans cette maison où il en avait tant vu, il n'avait pas l'intention de rester une seconde de plus : sa seule hâte et son unique pensée étant de reprendre la route pour aller voir du pays. Pourtant sa liberté ne fut pas de longue durée. En pleine campagne, il se trouva nez à nez avec un renard qui l'avala sans même y prendre garde, tout en rêvant à autre chose.

— Eh ! monsieur le renard ! hurla le petit homme, je suis déjà au beau milieu de votre gosier, laissez-moi reprendre ma liberté !

— Tu as raison, répondit le renard, te manger toi, c'est tout autant que rien. Mais il faut que tu me promettes toutes les poules du poulailler de ton père, si tu veux que je te laisse aller.

— De tout mon cœur ! répondit le Petit-Poucet. Les poules, tu les auras toutes jusqu'à la dernière, je te le promets !

Alors le renard lui rendit sa liberté et le porta lui-même jusque chez lui, dans la maison paternelle. Et quand le père retrouva son cher petit bout de fils, il fut si heureux qu'il donna bien volontiers ses poules au renard.

— Et en plus, annonça triomphalement le Petit-Poucet à son père, je te rapporte une bonne petite somme d'argent !

Et il lui tendit la pièce d'un sou qu'il avait gagnée au cours de son périple.

— Mais pourquoi le renard s'était-il vu donner toutes les malheureuses poules sans qu'elles eussent rien à dire ?

— Eh bien, petit idiot, ton père aussi aime mieux son enfant que les poules de son poulailler !

LA LUMIÈRE BLEUE

Il était une fois un soldat qui avait, pendant de longues années, fidèlement servi le roi ; mais il fut licencié quand la guerre fut terminée, en dépit des nombreuses blessures qui avaient fait de lui un invalide. Le roi s'adressa à lui en personne et lui dit : « Tu peux rentrer chez toi, je n'ai plus besoin de tes services ; mais tu n'as plus d'argent à attendre à présent, les soldes n'étant versées qu'à ceux qui sont à mon service. » Accablé de soucis et ne sachant comment gagner sa vie, le soldat s'éloigna et marcha tout le jour. Le soir, il se trouva dans une forêt où il vit, dans l'obscurité, briller une lumière ; il s'en approcha et arriva ainsi à une maison qu'habitait une sorcière.

— Donne-moi asile pour la nuit, lui demanda-t-il, et si peu que ce soit à boire et à manger, sinon je vais tomber d'inanition !

— Holà ! s'écria la sorcière, qui est-ce qui donne quelque chose à un soldat vagabond ? Pourtant je vais me montrer charitable et t'accepter, à condition que tu fasses ce que je te demande.

— Que veux-tu ? demanda le soldat.

— Que tu me bêches mon jardin demain, dit la sorcière.

Il accepta et travailla, le lendemain, autant qu'il le put et de toutes ses forces, mais le soir survint avant qu'il eût terminé son ouvrage.

— Bon ! lui dit la sorcière, je vois bien que tu ne pourrais pas en faire plus aujourd'hui et je vais te garder une nuit de plus, à condition que demain, tu me fendes mon bois.

Le soldat fendit du bois toute la journée et le soir, la sorcière lui offrit de le coucher une nuit encore.

— Tu n'auras qu'à me faire un tout petit travail demain, lui dit-elle : j'ai un vieux puits à sec derrière la maison, au fond duquel j'ai laissé tomber ma lumière ; c'est une chandelle qui brûle avec une flamme bleue et qui ne s'éteint pas. Il te suffira de me la remonter.

Le lendemain, la vieille femme le mena à son vieux puits et l'y fit descendre dans un panier attaché à la corde. Il trouva tout de suite la lumière bleue et fit un signe pour se faire remonter. La vieille femme le hissa en tirant la corde, mais quand il fut à la hauteur de la margelle, elle tendit la main pour prendre la lumière.

— Non, déclara le soldat qui se méfiait de ses mauvaises intentions, tu n'auras ta chandelle que lorsque j'aurai, moi, les deux pieds sur la terre ferme !

Furieuse, la sorcière lâcha la corde et s'en alla, le laissant tomber au fond du puits où il se retrouva, le malheureux, sans pourtant s'être rien cassé ni fait de mal ; la lumière bleue éclairait toujours, mais à quoi cela lui servait-il ? Là où il était, il n'avait plus qu'à attendre la mort. Tout à ses tristes pensées, il fourra machinalement la main dans sa poche et y trouva sa pipe à demi bourrée. « Ce sera ma dernière consolation ! » se dit-il, et il l'alluma à la flamme bleue pour en tirer quelques bonnes bouffées. Quand la fumée eut envahi le fond du puits, un petit homme surgit tout soudain devant lui et demanda :

— Maître, que désires-tu ? Quels sont tes ordres ?

— Moi, s'étonna le soldat, quels ordres aurais-je à donner ?

— Je dois faire tout ce que tu désires, répondit le petit homme.

— Très bien, dans ce cas, tire-moi d'abord de ce puits !

Le nain le prit par la main et le conduisit par un chemin souterrain, mais sans oublier d'emporter avec lui la lumière bleue ; en cours de route, il lui montra les trésors accumulés et cachés là par la sorcière, et le soldat se bourra les poches d'or et en emporta autant qu'il pouvait en porter. Une fois dehors, il dit au petit homme :

— Entre à présent chez la vieille sorcière, attache-la et livre-la à la justice !

Quelques instants plus tard, il la vit passer en coup de vent, à cheval sur un chat sauvage et poussant des hurlements affreux, puis le petit homme reparaissait presque aussitôt pour lui annoncer :

— Tout est terminé et la sorcière est déjà pendue au gibet. Quels sont tes ordres à présent, maître ?

— Rien pour l'instant, répondit le soldat ; tu peux rentrer chez toi. Mais trouve-toi à ma disposition immédiate aussitôt que je t'appellerai !

— Il te suffira d'allumer ta pipe à la lumière bleue, et je serai là, lui répondit le petit homme qui disparut aussitôt.

Le soldat s'en revint à la ville d'où il était parti, choisit la meilleure auberge, se fit faire un bel habit, après quoi il se fit donner par l'aubergiste la chambre la plus confortable et la plus luxueuse qu'on pouvait lui préparer. Une fois que tout fut prêt, quand il fut lui-même bien installé, le soldat appela le petit homme et lui dit :

— Le roi, que j'avais servi avec fidélité, m'a licencié en me laissant crever de faim : c'est pourquoi je voudrais à présent me venger !

— Que dois-je faire ? questionna le petit homme.

— Ce soir, tard, quand la princesse sera couchée et endormie, tu me l'amèneras jusqu'ici, dans son sommeil, pour qu'elle me fasse office de servante.

— Pour moi, répondit le petit homme, la chose n'est que facile ; mais pour toi, elle est pleine de danger dans ses conséquences, car si jamais cela se sait, tu ne t'en tireras pas à bon compte.

Le douzième coup de minuit sonnait encore quand la porte s'ouvrit brusquement : le petit homme arriva dans la chambre du soldat, portant la princesse.

— Ah ! te voilà ! s'exclama le soldat. Alors mets-toi au travail, et en vitesse ! Attrape le balai et fais-moi le ménage de ma chambre !

Dès qu'elle eut fini de balayer, il lui commanda de venir jusqu'à son fauteuil, allongea les jambes et dit : « Tire-moi mes bottes ! » Il les lui lança ensuite à travers la figure et elle dut les ramasser, les lui décrotter, les lui faire briller et reluire impeccablement. Les yeux mi-clos, sans une protestation ni un soupir, elle fit tout ce qu'il lui ordonna jusqu'au premier chant du coq ; alors le petit homme la remporta au palais royal et la recoucha dans son lit.

Le matin, après son réveil, la princesse s'en fut trouver son père et lui raconta qu'elle avait eu un rêve étrange.

— J'ai été emportée comme par un éclair dans les rues, lui dit-elle, et amenée dans la chambre d'un soldat auquel j'ai dû servir de domestique, obéissant à tous ses ordres et lui faisant les travaux les plus rebutants : il m'a fallu lui balayer sa chambre et lui cirer ses bottes. Ce n'était qu'un rêve, ajouta-t-elle, et pourtant je suis aussi exténuée que si je l'avais réellement vécu.

— Le rêve aussi pourrait avoir été réel, dit le roi, et je te donnerai un conseil : bourre ta poche de petits pois et perce-la d'un petit trou qui les laisse passer ; comme cela, si l'on vient te chercher de nouveau, ils marqueront la trace de ton passage dans les rues.

Mais tandis que le roi parlait ainsi, le petit homme était là, invisible, et il entendit tout. Dans la nuit, quand il emporta la princesse endormie par les rues, il y eut bien quelques petits pois qui tombèrent, par-ci par-là, de sa poche ; mais l'indication qu'ils pouvaient donner était nulle, car le malin petit homme en avait parsemé toutes les rues. Et jusqu'au chant du coq, de nouveau, la princesse dut travailler et obéir comme la plus humble des servantes.

Le lendemain matin, le roi envoya ses gens pour relever sa trace, mais à quoi pouvaient-ils aboutir, quand, dans toutes les rues, ils trouvèrent les enfants des pauvres en train de ramasser des petits pois et déclarant, émerveillés :

— Il en a plu cette nuit !

— Il faut que nous trouvions autre chose, décida le

roi. Ce soir, en allant te coucher, tu resteras chaussée ; et avant de revenir de là-bas, tu cacheras l'une de tes chaussures : je saurai bien faire en sorte qu'elle soit retrouvée.

Le petit homme noir, cette fois encore, avait surpris la conversation ; le soir, quand le soldat désira qu'il allât encore chercher la princesse, il voulut le détourner de son projet en lui disant qu'il ne voyait pas le moyen de déjouer cette ruse, et que si la chaussure était découverte chez lui, cela ne pourrait que tourner très mal. « Fais ce que je te dis ! » répondit le soldat ; et la princesse, pour la troisième nuit consécutive, dut accomplir sa besogne de servante. Mais avant d'être retransportée au palais, elle avait caché sa chaussure sous le lit.

Le lendemain matin, le roi fit rechercher par toute la ville la chaussure de sa fille, qui fut trouvée chez le soldat ; mais il avait lui-même, sur les instances du petit homme, quitté la ville quelques instants auparavant. Il n'en fut pas moins rejoint, arrêté et jeté en prison, alors que, dans la précipitation de sa fuite, il avait oublié et laissé derrière lui ce qu'il avait de plus précieux : son or et la lumière bleue ; il n'avait plus en poche qu'un unique ducat. Dans ses chaînes, debout à la fenêtre de son cachot, il vit passer l'un de ses anciens camarades dans la rue et frappa au carreau pour attirer son attention. Lorsque le camarade se fut approché assez près pour l'entendre, il lui cria : « Sois bon, et va me chercher le petit baluchon que j'ai laissé à l'auberge : je te donnerai un ducat. » Le camarade courut à l'auberge et lui rapporta peu après son bien tant désiré.

Dès qu'il se retrouva seul, le soldat tira sa pipe et l'alluma à la lumière bleue pour faire venir le petit homme noir. « Sois sans crainte, dit le petit homme à son maître ; laisse-les faire et t'emmener où ils voudront, pourvu que tu aies avec toi la lumière bleue. » Le soldat comparut le lendemain devant le tribunal, et le juge prononça contre lui la sentence de mort, bien qu'il ne fût coupable de rien. Comme on allait l'emmener sur les lieux du supplice, il demanda au roi une ultime grâce.

— Laquelle ? s'enquit le roi.

— Qu'il me soit permis de fumer une dernière pipe en cours de route.

— Tu peux en fumer trois, déclara le roi, mais ne va pas t'imaginer que je te ferai grâce de la vie !

Alors le soldat sortit sa pipe et l'alluma à la lumière bleue pour en tirer deux ou trois bouffées, et déjà le petit homme se trouvait là, devant lui, serrant un petit gourdin dans sa petite main.

— Que commande mon maître ? demanda-t-il.

— Bâtonne-moi ces mauvais juges et leurs sbires à les laisser sur le carreau, dit-il, et n'épargne pas le roi qui m'a si indignement traité !

Le petit homme tomba sur eux comme la foudre, frappant ici et là, en zigzag, et à peine son gourdin en avait-il touché un qu'il restait cloué au sol, n'osant plus bouger. Le roi, dans son épouvante, en fut réduit aux supplications et aux prières, allant jusqu'à faire don au soldat, pour seulement avoir la vie sauve, de son royaume et de sa fille comme épouse.

CATALOGUE LIBRIO

CLASSIQUES

LITTÉRATURE CONTEMPORAINE

Achevé d'imprimer en Allemagne (Pössneck)
par GGP Media en janvier 2008 pour le compte de E.J.L.
87, quai Panhard-et-Levassor, 75013 Paris
Dépôt légal janvier 2008
1er dépôt légal dans la collection : septembre 1998
EAN 9782290320709

Diffusion France et étranger : Flammarion